चलो कि अब लौट चलें

योगेंद्र कृष्णा

आदिवासी पुरखों के सम्मान में

क्रम-सूची

भूमिका

अमानवीय सभ्यता के विरुद्ध

यह लघु उपन्यास अमानवीय होती सभ्यता के विरुद्ध, आदिवासियों के पक्ष में नैसर्गिक जीवन-शैली जीने को उत्प्रेरित करता एक सशक्त दलील और प्रस्तावना है। नदियों, जंगलों और पहाड़ों समेत पूरे पर्यावरण को निरंकुश विकास के खतरों से बचाए रखने की एक जिद और सनक, क्रूर होती तमाम सत्ता-संरचनाओं के प्रति मुखर-मौन इंकलाब की तरह। यह संपूर्ण सृष्टि के साथ मनुष्य के टूटते रिश्ते और आपसदारियों को बचा लेने की एक चुनौतीपूर्ण जद्दोजहद भी है।

इस असमाप्त संघर्ष में सांस लेते अहम किरदारों की युयुत्सा, तनाव, सघन संताप और उत्कट प्रेम की मर्मान्तक कथा है यह। उदात्त मकसदों को हासिल करने के लिए व्यक्तिगत हितों को सामूहिक हितों के हाशिए पर लहूलुहान छोड़ देने का कठिन हौसला और संकल्प भी है। बेरहम और बेजार हो चले व्यक्तिगत और सामाजिक रिश्तों के विरुद्ध एक मानवीय और भावात्मक हस्तक्षेप है यह।

प्रकृति के जीवंत साहचर्य में युवा किरदारों के सामने खुलता जादुई यथार्थ से सरशार एक आश्चर्यलोक है जहां जीवन में पहली बार बहुत कुछ अद्भुत और 'अहा' घटित होने का अनिर्वचनीय सुख और कौतुक भी है।

1

पगडंडियां ऊबड़-खाबड़ और निर्जन थीं। लगातार चलते हुए वह बुरी तरह थक चुका था। और दूर-दूर तक किसी बसावट तक पहुंचने का कोई सुराग नहीं था। सुस्ताने की भी कहीं कोई जगह नहीं थी। एक-दो पेड़ दिखते तो जरूर थे लेकिन वे पगडंडियों से बहुत हट कर थे। और सूखी घनी झाड़ियों ने उन्हें घेर रखा था। फिर सुस्ताने का समय भी कहां था। उसे तो समय की नोक पर कहीं पहुंचना था। सूरज अपने शबाब पर था और पृथ्वी आग का गोला बन चुकी थी। निजाम लगातार आगाह कर रहा था कि जबतक बहुत जरूरी न हो घर से बाहर न निकलें। और निकलें तो ये सारी एहतियात जरूर बरतें... निजाम को क्या पता कि बाहर निकलने के लिए कोई ठौर-ठिकाना भी होना चाहिए! जो हमेशा से दरबदर, खानाबदोश हैं उनके लिए ये घोषणाएं कितनी बेमानी हैं उससे अधिक कौन जानता था।

बहुत दूरियां तय कर लेने के बाद, उसे नहीं पता कब वह एक पेड़ के नीचे निढाल पड़ गया था। तेज हवा में पत्तों की सरसराहट और जंगली झाड़ियों से लटकते सूखे बीन्स की आपसी टकराहट से पैदा हुई कुछ नैसर्गिक धुनों से उसकी आंखें खुलीं तो देखा अपनी छड़ी की टेक पर खड़ा किसान-सा दिखता एक बूढ़ा आदमी, जिसके गले में अंगोछे के साथ एक दूरबीन भी लटक रही थी, उसके चेहरे पर झुका, पानी छिड़क रहा था। उसकी बेतरतीब मूंछ-दाढ़ियां गीली हो चुकी थीं। और नीचे बैठा एक जवान, शायद उसका बेटा, हां उसका बेटा ही, उसकी नब्ज टटोल रहा था। तब उसे कहां पता था कि पश्चिम दिशा में अवस्थित सुदूर पहाड़ियों से दूरबीन के सहारे कोई उसकी गतिविधियों पर नजर रखे हुए था। इस बीच सूरज का शबाब इस इलाके में अब ढलान पर था, लेकिन उसकी रक्तिम आभा पेड़ की पत्तियों से छनकर उसके चेहरे पर पड़ रही थी... चेहरा जो धूप से काला पड़ मुरझा गया था। उसकी आंखें खुली देख कर नीचे बैठे जवान ने पूछा,

"कहां से आ रहे हो और जाना कहां है?"

"मेरे पास एक झोला था", वह अचानक हड़बड़ा गया। वह इस तरह सामने खड़े बूढ़े को देख कर सहम गया था।

"तुम्हारा झोला पीछे पेड़ पर टंगा है। लेकिन यह मेरे प्रश्न का जवाब तो नहीं!" एक जवान दूसरे हमउम्र जवान को इतनी आसानी से कहां छोड़ने वाला था!

"झोले में कुछ रोटियां थीं, और मुझे बहुत भूख लगी है।"

बूढ़े आदमी ने पेड़ से लटकता उसका झोला उतार कर उसे दे दिया। और अपने बेटे को टोका कि वह अभी उसे और तंग न करे, पहले से ही वह बहुत हलकान दिख रहा है।

उसने अपना झोला टटोला, और राहत की सांस ली। उसकी रोटियां, कुछ जरूरी कागजात, डिग्रियां और जीवन के हासिलों-कीर्तिमानों के प्रमाण; एक जोड़ी पोशाक– जो उसने वहां पहुंच कर पहनने के लिए रख ली थीं– सब कुछ झोले में सुरक्षित थे। एक अंगोछा भी था लेकिन इससे उसने अपना सिर और चेहरा पूरी तरह ढंक रखा था, कुछ इस तरह कि सामने वाले को सिर्फ उसकी आंखें ही दिख सकती थीं। उसने घड़ी देखनी चाही पर कलाई पर घड़ी की जगह कुछ खरोंचें और उनपर जमे खून के निशान थे। उसे याद आया सूरज ढलने के पहले उसे निर्धारित ठिकाने पर पहुंचना जरूरी था। वह जाने के लिए अचानक उठ खड़ा हुआ। इस बार बूढ़े ने उसे टोका,

"रोटियां तो खा लो बरखुरदार! हमलोग तुम्हारी मदद के लिए उतनी दूर पहाड़ियों से उतर कर यहां तक आए और तुम भागे जा रहे हो। कुछ बताओगे कि मरने की ऐसी भी क्या हड़बड़ी है! जिंदा रहने के बहुत सारे खूबसूरत रास्ते हैं। बस खुद को उन रास्तों पर आजमा कर देखो। मरुस्थल पर उग आई झाड़ियों का चिरंतन संगीत और हवा के साथ पत्तों की सरगोशियां सुनो। वो तुमसे कुछ कहना चाहती हैं।"

उसे लगा यह आदमी, जो ऐसी धीर-गंभीर और जहीन बातें कर रहा है, सिर्फ किसान नहीं हो सकता। इसके शब्दों और स्वर में आत्म-संघर्ष में तपी हुई एक मानवीय ऊष्मा है, जीवन से गहरा वास्ता है, अदब की रंगत है, सरोकार है। उसने कहा,

"वही सुन कर तो मेरी आंखें खुली हैं। लेकिन जीने के लिए रोज मरना पड़ता है बाबूजी! मुझे सूरज डूबने से पहले कहीं पहुंचना था। और देखिए तो, सिर्फ मुझे ही नहीं, सूरज को भी डूबने की आज कितनी हड़बड़ी है!"

और इस बीच पेड़ के नीचे आसपास अचानक वह कुछ ढूंढने लगा था। शायद अपनी घड़ी।

"तुम्हारी घड़ी झोले में पड़ी है। शायद उसका फीता टूट गया हो, देख लेना।" बूढ़े ने उसकी मनःस्थिति भांप ली थी।

"बंदे पर नजर रखना। वैसे संदेह का कोई कारण नहीं है। उसके झोले में रखी चीजें मैंने सरसरी देख ली हैं। बंदा बहुत भोला और निरापद है। अपना ही आदमी लगता है।" बूढ़े ने बेटे को हिदायत दी।

"दूरबीन तो हमेशा आप गले से लगाए रहते हो, और मुझे कहते हो उसपर नजर रखूं!"

"तुम्हारी नजर को दूरबीन की जरूरत कहां, ये तो कमजोर नजर वालों का प्रेम है। और, मुझे खूब पता है तुम कहां-कहां नजर रखते हो। पहाड़ियों की ऊंचाई से दूर खेतों में काम करने वाली, फसलों पर बेपरवाह झुकी हुई बालाओं की गोलाइयां और टांगों की पिंडलियां निहारने में तो तुम्हें दूरबीन की जरूरत नहीं पड़ती है!"

इस बार उसने उसे बड़े आराम और प्यार से छेड़ा है, फिर दूरबीन लगा कर उस अजनबी मुसाफिर को ठाकुरबाड़ी की तरफ जाते हुए देखने लगा है।

गोरे-चिट्टे जवान बेटे का चेहरा सूरज की रोशनी से लाल हुआ जा रहा था या शर्म से यह समझना मुश्किल नहीं था। सूरज ने उसकी शर्म में थोड़ी चमक जरूर पैदा कर दी थी।

"शर्म की कोई बात नहीं, तुम तो अब मेरे जूते भी पहनने लगे हो। ध्यान रहे उसके पहुंचने तक हमें भी वहां पहुंचना जरूरी है। पता नहीं तुमने गौर किया या नहीं कि इस बंदे का चेहरा, इसका हाव-भाव हमारे बड़कू से कितना मिलता-जुलता है!"

ठाकुरबाड़ी की तरफ अपनी नजरें उठाकर देखते हुए उसने एक उड़ती निगाह अपने बापू की आंखों में भी देखा। उसके चेहरे पर शर्म की जगह अब कुछ उलझनों की लकीरें थीं जो उसके भोले, बेपरवाह चेहरे पर अच्छी नहीं लगती थीं।

2

कभी कंधे से कमर तक लटकते अपने झोले को संभालता, तो कभी पतलून पर जहां-तहां उभर आई पसीने की जिद्दी सफेद लकीरों और धूल को झाड़ने की कोशिश करता हुआ जब वह उस ठिकाने तक पहुंचा तो देखा वहां एक अलग दुनिया भरसक अपनी सहज संपूर्णता और नैसर्गिक संपन्नता में सांस ले रही थी। अभी कुछ ही देर पहले एक उजाड़ और बेजार-सी दुनिया से गुजरना हुआ था। उसे आश्चर्य हुआ कि दुनिया के इतने भी रूप-रंग हो सकते हैं! उसका मुरझाया हुआ चेहरा सब्ज होने लगा, और खोई हुई उसकी उम्मीदें पुनः जाग उठीं। उसने देखा कतार में सजे, बाहर से देसी ढाबों-से दिखते बड़े-बड़े इलाकों में घने पेड़ों की छांव में बिछी खाटों पर लोग आराम से लेटे अपने-अपने हिस्से के सुख में मुब्तला थे। इनसे थोड़ा हट कर विशाल, मजबूत लकड़ी के ऊंचे गेट वाली एक ठाकुरबाड़ी थी। गेट बंद था लेकिन उसी में एक छोटा दरवाजा भी था जिसे खोल कर वह अंदर प्रवेश कर गया। कुछ ही दूर अंदर गया था कि पीछे से किसी ने आवाज दी। मुड़ कर देखा तो एक बार फिर सहम गया। वही बूढ़ा आदमी और उसका गबरू जवान उसके सामने खड़े थे।

"अरे, आपलोग यहां भी?" उसने घबराहट में बस कुछ पूछने के लिए पूछ लिया।

"हां, यहां भी। लेकिन तुम यहां कैसे?"

"मुझे यहां के पुजारी से मिलना है।"

"तुमने बताया नहीं। खैर, कोई बात नहीं। किसने भेजा है?"

थोड़ी उलझन और असमंजस के बाद उसने अपनी जेब से एक कार्ड निकाल कर दिखाया। और बूढ़े ने उसे पुजारी तक पहुंचने का रास्ता बता दिया। उसके बताए रास्ते पर जब वह कुछ दूर आगे बढ़ गया तो उसने अपनी शेखी बघारते हुए बेटे से कहा,

"कहा था न कि अपना ही आदमी है! मेरी नजर सिर्फ दूरबीन की मोहताज नहीं है। इन कमजोर नंगी आंखों में भी थोड़ी दूरंदेशी अभी बची है।"

बताए रास्ते से जब लड़का वहां पहुंचा तो उसे थोड़ा अजीब-सा लगा। आधुनिक शहर की शैली में निर्मित एक इमारत वहां के नैसर्गिक पर्यावरण में एक पैबंद की तरह चस्पां थी। इमारत की दोनों तरफ एक बड़े इलाके में पेड़ों के मोटे धड़ों को कमर से नीचे तक काट कर बैठने की जगह बना दी गई थी। यही पुजारी का घर था। उसे वहां पर बाहर खड़ा एक गार्ड भी मिला। गार्ड वाली खास वर्दी में न होता तो कोई उसे गार्ड समझने को तैयार भी नहीं होता। ढीली-ढाली भारी वर्दी में झूलती हुई एक दुबली-सी काया। बिल्कुल सीधा-सादा, भोला-भाला एक चेहरा जहां अभी ठीक से मूंछ-दाढ़ियां भी नहीं उगी थीं। उसने उसे हल्की पूछताछ के बाद तुरंत अंदर जाने की इजाजत दे दी। लोहे के एक फाटक के अंदर ढेर सारे फूल के गमलों के बीच से हरी घास से पटा एक रास्ता घर के दो-तीन सीढ़ी ऊपर एक बरामदे तक जाता था। उसने सामने एक दरवाजे पर दस्तक दी तो दरवाजा स्वयं खुल गया। पुजारी ने उसे गौर से देखा, फिर अंदर बुला लिया।

कमरे में पुजारी ऊपर से नीचे तक सफेद, साफ-शफ्फाफ पोशाक में अपनी शाही कुर्सी पर विराजमान था। कमरे में सबकुछ सफेद था– सफेद, शीशे-सी चमकती दीवारें, सफेद लकड़ी के नक्काशीदार पलंग एवं उस पर बिछी सफेद मखमली चादर और करीने से सजीं छोटी-छोटी मसनदें। उसकी कुर्सी के पीछे कोई दीवार नहीं थी। फर्श से तकरीबन छत की ऊंचाई तक उठती शीशे की विशाल खिड़कियां थीं, जो पीछे की ओर फूलों के एक बाग में खुलती थीं। छत की ऊंचाई भी सामान्य छतों से लगभग दोगुनी थी। बाग के पार एक असीम विस्तार में पहाड़ियों तक फैली जमीन पर झाड़ की तरह उगे हरे पौधे थे। कमरे में एसी जैसे कोई उपकरण नहीं दिखे लेकिन कमरा प्रायः ठंडा था। उसकी कुर्सी के सामने एक शीशे की लंबी-चौड़ी चमकती मेज पर कुछ कागजात, ऐश-ट्रे, घंटी, टेलीफोन, खूबसूरत-सा एक लैंप-शेड, एक कलमदान और कुछ फाइलें करीने से रखी थीं। मेज की इस तरफ भी कुछ गद्देदार कुर्सियां सजी थीं। वैसी अविश्वसनीय राजसी धज और ऐश्वर्य में जीने वाला व्यक्ति, वह भी किसी ठाकुरबाड़ी का पुजारी, उसने इसके पहले कभी नहीं देखा था। उसके लिए वहां का पूरा माहौल असहज करने वाला था।

हिम्मत कर उसने वही कार्ड उसकी मेज पर रख दिया, और वहीं मेज के इस पार लगी कुर्सियों के बीच खड़ा उसके जवाब का इंतजार करने लगा। वह इतना थक चुका था कि मन हुआ कुर्सियों पर कहीं बैठ जाए। लेकिन पुजारी ने उसे अबतक बैठने के लिए नहीं कहा था। इतनी लंबी और बेहद कठिन पैदल यात्रा से हलकान,

अस्त-व्यस्त और बदहाल कपड़ों में वहां पर उसकी उपस्थिति कमरे की नफासत-भरी सज-धज पर एक भद्दे दाग की मानिंद चस्पां थी।

"बहुत देर हो चुकी, तुम्हें यहां सूरज डूबने से पहले आना था। हम समय के बहुत पाबंद हैं। और यही तुम्हारी परीक्षा भी थी।"

उसकी आवाज में एक उच्च-पदासीन प्रशासनिक पदाधिकारी-सा रौब था। उसने घूमने वाली अपनी कुर्सी को अचानक पीछे घुमाया और शीशे के पार सुदूर पहाड़ियों की तरफ इशारा करते हुए कहा,

"तसल्ली के लिए खुद देख लो, दूर क्षितिज में सूरज की लालिमा तक के कहीं निशान नहीं हैं।"

उसने देखा दूर पहाड़ी बस्तियों में बत्तियां जल चुकी थीं और उनकी रोशनी में जहां-तहां पहाड़ियों से फूटते पानी के निर्मल सोते झिलमिला रहे थे। जब पुजारी एक बार फिर अपनी कुर्सी घुमा कर उससे मुखातिब हुआ तो लड़के ने सहज शब्दों में अपनी विकट परिस्थितियों के बारे में उसे बताया,

"दसेक कोस की दूरी पैदल पार कर यहां आना था साहब। रास्ता बहुत कठिन था। सूरज की तपिश भी परवान पर थी। पहुंचने के कुछ ही दूर पहले मैं गश खा कर गिर पड़ा था। संयोग से दो सज्जन वहां मेरी मदद के लिए आ गए, तो मैं उठ खड़ा हुआ। और भागा-भागा, भूखा-प्यासा यहां आप तक पहुंचा हूं। साथ लाई रोटियां भी झोले में पड़ी सूख गईं, आप देख लें। अपने कपड़े तक नहीं बदल सका। कलाई पर लगी चोट के निशान अब भी ताजा हैं। और वे सज्जन भी यहीं कहीं आसपास ही होंगे जिन्होंने मेरी मदद की। आप तक पहुंचने का रास्ता भी उन्होंने ही बताया..."

लड़के ने इस तरह जो कुछ अर्ज किया उसमें शालीनता के हाशिए से उठती ईमानदारी की एक बेकरार-सी करुण खनक भी सुनी जा सकती थी, अगर सचमुच कोई सुनना चाहता।

वैसे दो सज्जन वाली बात सुनकर पुजारी थोड़ा असहज और सावधान हो गया था। अचानक उसके भीतर कुछ चलने लगा। बेचैन और आशंकित उसने उसकी आंखों की गहराई में झांकने की कोशिश की। उसकी पैनी सच्चाई और सादगी से आहत, उसने सिगरेट का एक लंबा कश लिया। और फिर धुआं छोड़ते हुए उसने उसे सख्ती से टोका।

"कैसे मान लें कि तुम झूठ नहीं बोल रहे? शहर से आए हो, पढ़े-लिखे हो, कहानियां भी तो बना सकते हो! और हां, यह कार्ड तो किसी और को दिखाने की सख्त मनाही थी।"

कमरे में गांजे की तेज गंध से हलकान, और अपनी ईमानदार अर्जी की निर्मम तौहीन से एक बार फिर हताश कुछ देर जब वह मौन खड़ा रहा, तो पुजारी ने मेज पर रखी घंटी को एक झटके से बजाते हुए कहा,

"तुम अब जा सकते हो।"

घंटी की आवाज सुन कर गार्ड अंदर आ कर खड़ा हो गया था। वह अपने लिए किसी फरमान का इंतजार करने लगा। फिर वह तो यह भी जानता था कि घंटियां तो उसके साहब गुस्से में अकसर बेसबब भी बजा लेते हैं।

यह सब लड़के के लिए बेहद निराशाजनक, एक अप्रत्याशित-सा झटका था– जो एक बार फिर से उसे लगभग निश्चेतनावस्था में ले आया था। भारी कदमों से जब वह पुजारी के कमरे से बाहर निकलने लगा तो देखा सामने वही बूढ़ा अपने जवान के साथ खड़ा है। पुजारी हड़बड़ा कर आसन से उठ गया था। वह बूढ़े को आसन पर बैठने का आग्रह कर खुद मेज के इस पार चला आया था जहां पर कुछ ही देर पहले वह लड़का अपनी अर्जी दे कर निर्णय के इंतजार में खड़ा हुआ था। उसे घोर आश्चर्य हुआ थोड़ी ही देर पहले जिस आदमी में इतना रौब, इतनी हनक, इतनी सख्ती और इतना आत्मविश्वास था वह सब अचानक कहां गायब हो गया।

"काम पर रख लो, यह सच बोल रहा है।"

खड़े-खड़े ही बूढ़े ने पुजारी को लगभग आदेश देते हुए कहा। लड़के की बेजान देह और बेजार मन में एक बार फिर थोड़ी ऊर्जा का स्फुरण होने लगा था। लेकिन फिर भी वहीं खड़ा मुंह बाए वह कभी पुजारी को तो कभी बूढ़े को देख रहा था।

"तो सरकार बंदे से पहले ही मिल चुके हैं?"

पुजारी ने अदब से पूछा। लेकिन उसकी आवाज इस बार इतनी मुलायम, निरीह और कमजोर थी कि जैसे उसने यह सवाल किसी और से नहीं स्वयं से किया हो!

"हां, यह गर्मी से मूर्छित होकर गिर पड़ा था। शहर के गरीब, ईमानदार और आदर्शों-उसूलों में जीने वाले लोगों को रोटियां नहीं गश खाने की आदत पड़ जाती है। रोटियां अब भी इसके झोले में पड़ी होंगी।

पुजारी की पेशानी पर चिंता की कुछ अस्फुट वक्र-रेखाएं उभर आई थीं।

3

ईंट के भट्ठे पर किसी तरह मजदूरी कर गुजर करने वाले कमजोर पिता, और घरों में रसोई का काम करने वाली मां के पास इस होनहार अकेली संतान को लेकर जरूर कुछ बेहतर सपने रहे होंगे। तभी तो घर की तंगहाली के बावजूद माता-पिता ने उसे अच्छे स्कूल और फिर कॉलेज में बेहतर तालीम के लिए घर से दूर बाहर भेज दिया। मनोविज्ञान में उसकी गहरी रुचि थी। अकसर किसी के मन की अबूझ कंदराओं में प्रवेश कर जो मौलिक निष्कर्ष और स्थापनाएं अपने साथियों और शिक्षकों के सामने प्रस्तुत कर देता वे चकित करने वाले होते, और समय के साथ उनकी सत्यता की परख भी हो जाती। शिक्षक उसे एक उभरते हुए मनोवैज्ञानिक के रूप में देखने लग गए थे। इसी विषय से एम ए के बाद क्लिनिकल साइकोलॉजी में डिप्लोमा करने का भी अवसर उसे हाथों-हाथ मिल गया था। इस बीच उसकी लगन, और असाधारण मेधा के कारण पढ़ाई के लिए उसे छात्रावास की सुविधा और छात्रवृत्ति भी मिलती रही।

लेकिन तभी समय ने अचानक एक विकराल करवट ले ली। कोरोना महामारी ने पूरे विश्व में हाहाकार मचा कर रख दिया। पिता ईंट के जिस भट्ठे में काम करता था वह अचानक बंद हो गया। इस महामारी ने तो बड़ी-बड़ी कंपनियों के भट्ठे बिठा दिए थे। यह तो सचमुच का भट्ठा था जिसे बैठना ही था। और वह वहां से इतने दिनों के परिश्रम के बदले, फेफड़े की गंभीर बीमारी का शुकराना लेकर घर लौटा था। और बहुत जल्द ही कोरोना ने उसके कमजोर फेफड़े में रहने की जगह बना ली। इसकी चपेट में आकर भी, वह हर दिन वीरान सड़कों पर एक विक्षिप्त-सी बेचैनी में काम की तलाश में भटकता रहा, और एक दिन खांसता हुआ मर गया। मां का रोजगार भी जाता रहा। उसे घरों में आने से लोगों ने मना कर दिया। कुछ ही दिनों बाद इसी महामारी ने उसकी भी जान ले ली। लड़का किसी तरह भागता-हांफता बदहवास घर लौट आया पर इसके पहले ही लावारिस लाशों का निपटारा हो चुका था। मन और शरीर से टूटा हुआ अब वह इस भयावह दौर में निपट अकेला

और अनाथ एक सीलन भरी खोली में किसी तरह जिंदा बचा रह गया। अपने माता-पिता को नहीं बचा पाने का दुख उसे रह-रह कर सालता रहा।

फिर जब महामारी का असर धीरे-धीरे कुछ कम हुआ तो उसे एक गैर-सरकारी स्वयंसेवी स्वास्थ्य संगठन से जुड़ने का मौका मिल गया और महामारी से पीड़ित बहुत सारे बुजुर्ग और अशक्त मरीजों तक जरूरत के सामान और दवाइयां आदि पहुंचा कर, अपनी जान को जोखिम में डाल कर भी, उनकी जान बचाई। घोर उदासीन और संवेदनहीन उस चुनौतीपूर्ण दौर में जहां एक तरफ अपने-सगों ने भी ऐसे गंभीर मरीजों से पर्याप्त दूरियां बना ली थीं, वह उनकी तीमारदारी में दिन-रात लगा रहा। उसकी सेवाओं को समाज और उस संगठन में खूब सराहना मिली। लोग उसे उसके नाम से जानने लगे। स्थानीय अखबारों ने भी उसके समर्पण और जज्बे को पूरा सम्मान दिया। मरीजों के उन्हीं सगे-संबंधियों ने उसे मसीहा तक कहा। ऐसे विकट समय में जरूरतमंदों की निस्पृह सेवा करते हुए उसे भी एक प्रायश्चित-बोध और विरेचन-सा सुख मिला। इस सेवा के बदले में संगठन से उसे बस दो जून की रोटियां और खोली का किराया देने लायक पैसे मिलते रहे। लेकिन संगठन का यह काम पूरा हो जाने के बाद वह रोजगार की तलाश में बहुत दिनों तक निराश एक बार फिर इधर-उधर भटकता रहा। लगातार संघर्ष करता हुआ वह थक चुका था। उस दौर में हर जगह काम से तो कितने ही लोग निकाले जा रहे थे। उसे भला काम कहां मिलना था!

अंत में उसी संगठन से जब उसने काम के लिए एक बार फिर से संपर्क किया तो वहां सबसे ऊंची पायदान पर बैठे एक अधिकारी ने उसे इस ठाकुरबाड़ी का पता और अपना परिचय-कार्ड एक सख्त हिदायत के साथ दिया कि फलां तारीख को सूरज डूबने से पहले पहुंच कर वहां पुजारी को यह कार्ड दिखाना होगा। याद रहे पुजारी को, किसी और को नहीं। दूरी बहुत है और रास्ता भी बेहद कठिन। पहुंचने के लिए पैदल जाना होगा, दूसरे कोई साधन नहीं हैं। लेकिन समय पर अगर पहुंच गए तो फिर वहां तुम्हारे रहने के लिए एक जगह और तुम्हारी नौकरी पक्की, और नहीं, तो उलटे पांव वापस भी आना हो सकता है। पहले तो उसे बहुत अटपटा-सा लगा कि कोई पंडित-पुजारी उसे कौन सी नौकरी देगा! लेकिन यह उसकी बेबसी से पैदा हुआ जुनून ही था कि ऐसे दुर्गम, अनिश्चित और कहीं संदेहास्पद इलाके में काम करने के लिए उसने खुद को मना लिया। उसे यह भी पता चला कि वहां पढ़ा-लिखा कोई भी युवक काम करने का जोखिम उठाना नहीं चाहता था। और उन्हें कुछ दिनों से एक भरोसेमंद, ईमानदार और पढ़े-लिखे युवक की तलाश थी।

4

इस समय उसकी सबसे बड़ी जरूरत आराम की थी। आराम करने जब वह खुले आसमान के नीचे पेड़ों के बीच रखी एक खाली खाट की तरफ बढ़ा तो देखा सामने से बूढ़े सरकार उसी की तरफ बढ़े चले आ रहे हैं। इस बार उनका बेटा उनके साथ नहीं था। और न ही उनकी दूरबीन और छड़ी। पहुंचते ही कहा,

"निर्मल, पुजारी की बातों का बुरा मत मानना। हमारी इस छोटी-सी अनमोल दुनिया में हम तुम्हारा स्वागत करते हैं। आज की रात तुम यहीं आराम कर लो, या फिर जहां भी चाहो। वैसे भी यहां तुम्हें अपनी जीवन-शैली चुनने की पूरी छूट होगी। पुजारी ने जो चुनी उसकी एक झलक तुम उसके कमरे में देख चुके हो। अब हमलोगों ने जो चुनी है वह भी तुम्हें दिखाएंगे। मेरे पीछे आओ, एक झलक दूर से अभी ही क्यों न देख लो! लेकिन अगर बहुत थके हो तो कोई बात नहीं।"

दिन भर की थकान उनके चेहरे और आवाज पर भी तारी थी। लेकिन मन की उमंग उस थकान पर कहीं भारी थी। यह देख शिथिल पड़ रही निर्मल की देह में भी थोड़ी स्फूर्ति लौट आई। और वह उनके साथ चलने के लिए उठ खड़ा हुआ है। वे पूरे उत्साह और जोश के साथ एक भंडार में प्रवेश कर धीरे-धीरे उसके अंतिम सिरे की तरफ बढ़ने लगे। उनके पीछे चलते हुए वह उस भंडार में जमा तरह-तरह की नई पोशाकों के संग्रह को उत्सुकतावश देखने लगा। उन्होंने मुड़ कर उसकी उत्सुक निगाहों को देखा,

"अरे हां। लौटते हुए यहां से अपने पसंद के कपड़े उठा लेना, यहां के लोगों ने हस्तकरघों पर बुने हैं। अपने लिए, हम सब के लिए। तुम तो बस एक झोला उठाए ही यहां चले आए हो। वैसे तुम्हारी यह फकीरी मुझे बहुत रास आई है। मुझे तुम्हारे माता-पिता और तुम्हारे संघर्षों, बीमार बुजुर्ग मरीजों के प्रति तुम्हारी संवेदना, सरोकार और निस्पृह सेवाओं के बारे में भी सब कुछ पता है। किसी आदमी की हैसियत की पहचान इससे अलग और क्या हो सकती है!"

वह चुपचाप... अचंभित और कहीं आत्मविभोर उन्हें सुनता रहा। फिर वे भंडार के अंतिम सिरे पर पहुंच कर सुदूर खेतों के पार पश्चिम की तरफ हाथों से इशारा करते हुए उसे बताने लगे वह दूर जो पहाड़ियां देख रहे हो वहां भी कुछ लोग रहते हैं। अपने ही लोग हैं। और इसकी तराई में भी पूरी एक बस्ती है, खुद अपनी मर्जी से बस गई एक बस्ती, बाजू में ही बहती नदी की तरह निर्बंध और निर्द्वन्द्व। अभी भोजन कर जहां मन हो रात भर आराम कर लो। पेड़ों के नीचे यहीं खाट पर या खाली किसी कमरे में। और हां, तुम्हारा भोजन... ऐसा करना... ठाकुरबाड़ी के भीतर एक सामूहिक साझा रसोई भी है... लेकिन छोड़ो रहने दो, मैं कुछ करता हूं... भिजवाता हूं... और वहां सामने देख रहे हो वह विशाल बरगद... उसके पास एक बहुत बड़ा कुआं है, उसमें पानी भी बहुत नीचे नहीं, फिर भी बिलकुल शीतल... नहा लेना मन और देह की सारी थकान और उदासियां धुल जाएंगी... इसकी शीतलता में उबटन-सी मीठी एक सुबास है... ”

उसे महसूस हुआ कि यह सब लगातार एक सुर में बोलते हुए वे बुरी तरह थक चुके हैं, लेकिन चेहरे पर तब भी उत्साह और ओज की चमक बनी हुई है।

“आप इतना परेशान न हों, भूखा और प्यासा आदमी रसोई और कुएं तक पहुंच ही जाता है। आप इत्मीनान रखें। मैं भी पहुंच जाऊंगा। आपको भी अब कुछ आराम की जरूरत है।”

“हां, बहुत सच कहा तुमने। अब जा कर आराम ही तो करना है। और हां, कल सुबह चाहो तो पहाड़ियों पर आ जाना। वहीं जलपान और बातें करेंगे। मेरे घर की छत पर टंगा एक हरा झंडा तुम्हें मेरे घर तक आसानी से ले आएगा।”

“जी, कल सुबह जरूर आऊंगा।”

खुले आसमान में पेड़ों के नीचे खाट पर सोते हुए वह सोचने लगा कि पुजारी का व्यवहार इतना असंगत, विरोधाभासी और रूखा क्यों था। इतना ही नहीं, मन-मस्तिष्क में इतनी जटिल और अवगुंठित-सी ग्रंथियां कि बाहर कुछ दिखे ही नहीं। जबकि यह आदमी जो उसका ‘सरकार’ है, कितना सहज, सहृदय और दूसरों का इतना ख्याल रखने वाला बड़प्पन और गर्मजोशी से भरा हुआ, कितना स्नेह-सिक्त और तरल है इस जिंदादिल व्यक्ति का व्यवहार! मन की ऐसी उज्ज्वल साफगोई, इतनी पारगम्य और ज्योतिर्मय द्रवणशीलता कि आप सब कुछ आर-पार देख सकें। मैं तो पहली मुलाकात में ही समझ गया था, पेड़ के नीचे पड़ा अपनी बेसुधी में इलहाम-सी बजती उसकी बातें सुन कर। सभ्य समाजों में लोक-वात्सल्य और प्रेम की ऐसी मिसालें तो अब ढूंढने से भी ना मिलें...

“छोटे साहब, आपके लिए भोजन लाया हूं।”

कोई जानी-पहचानी सी आवाज उसे बहुत निकट से आती सुन पड़ी। भोजन की बात तो उसे समझ में आ गई, लेकिन अचानक वह साहब कब से हो गया! फिर नजर घुमाई तो देखा खाट के सिरहाने आ कर कोई खड़ा है। गौर से देखा पुजारी का गार्ड था। उसने उसे दो बड़े-बड़े हरे पत्तों में लाई खाने की सामग्री सौंप दी। और पानी पीने की जगह दिखा कर वापस लौट गया।

पूरियां मुलायम और गर्म थीं, और भाजी का स्वाद भी भाजी जैसा था। भाजी को भाजी की तरह बनाने की रिवायत तो शहरों से कब की रुखसत हो चुकी है! गर्म पूरियां तो आज उसे युगों बाद नसीब हुई थीं। इधर तो लंबे समय से फाकामस्ती में जीते-मरते हुए उसे ठंडा और बासी खाने की आदत-सी पड़ गई थी। खुले में खाट पर आराम से सोते हुए यह सोच कर उसे अजीब-सा लगा कि पुजारी उस घुटन भरे बंद कमरे में क्यों सोता होगा! वह अपनी खोली की घुटन-भरी जिंदगी को याद कर सिहर गया। उसने वह जीवन-शैली आखिर क्यों चुनी होगी, जबकि यहां इतनी सुंदर सुकून-भरी पहाड़ियों और वादियों जैसे सहज विकल्प मौजूद थे। मैं तो हर्गिज नहीं चुनता। फिर चुनने की ऐसी आजादी भी क्यों दी गई होगी! लेकिन वह इससे आगे ज्यादा कुछ सोच नहीं पाया। कुएं के शीतल निर्मल जल से स्नान के बाद उसके सिर के बाल और मूंछ-दाढ़ियां अभी भी कुछ गीली थीं। उस पर दिन भर की थकान और शीतल हवा का स्पर्श... उसे महसूस हुआ उसकी देह से सचमुच उबटन-सी भीनी खुशबू रिस रही है और उसकी आंखें मुंदी जा रही हैं।

सुबह चिड़ियों की चहचहाहट और खाट के नीचे और आसपास की जमीन पर हवा में गोल-गोल घूमते सूखे पत्तों की सरसराहटों से जब नींद खुली तो एक हल्की सुर्ख उजास पूरे पर्यावरण में तिर रही थी। उसे याद आया सुबह ही उसे पहाड़ियों पर जाना था। भंडार से अपने लिए चुने नए कपड़े पहन तैयार हो कर जब जाने लगा तो सामने पुजारी का गार्ड एक बार फिर खड़ा मिला—

"साहब ने पूछा है कि आपको ठीक से नींद तो आई न।"

"हां, बहुत अच्छी नींद आई, मेरे हिस्से ऐसी मुकम्मल नींद मुद्दतों बाद आई है। और साहब को?"

"साहब सोते कहां हैं!"

"ओह! सोते ही नहीं हैं? रात में या दिन में कभी तो सोते होंगे?"

"बोलते हैं इतना काम है कि सोने की फुर्सत कहां!"

"खैर... मैं उनसे मिलता हूं, अभी सरकार से मिलने पहाड़ियों पर जा रहा, देर हो रही, उन्होंने बुलाया है।"

"सरकार ने बुलाया है?" उसने कुछ अजीब आश्चर्य से उसे देखा।

"हां, क्यों? तुम्हें आश्चर्य क्यों हो रहा?"

"कुछ नहीं, बस ऐसे ही। साहब बोल रहे थे उन्हें अफसोस है कि आपके साथ बहुत सख्ती से पेश आए।"

"उनसे कहना मुझे बुरा नहीं लगा। क्या नाम है तुम्हारा? अरे यह तो तुम्हारी पोशाक पर ही लिखा है! तुलसी, यही न? कहना मैं समझ सकता हूं, उनकी भी कुछ मजबूरियां रही होंगी।"

"छोटे साहब एक बात पूछें? आप कहीं सरकार के बड़े बेटे तो नहीं? लेकिन लोग तो बोलते हैं वो लड़ाई में मारे गए।"

निर्मल यह सुन कर थोड़ी देर के लिए स्तब्ध रह गया था। जितनी सहजता से उसने यह बात पूछ डाली थी, उतना ही कठिन था फौरन इसका कोई जवाब दे पाना। वह चुप रह गया, उस समय उसे यही ज्यादा मुनासिब लगा। उसने घड़ी देखी, और उठ कर जाते हुए बस इतना कहा,

"यह बात तुमसे किसने कही? जरा सोचना, जो मर गया वह मैं कैसे हो सकता हूं? तुमसे ढेर सारी बातें करूंगा तुलसी, अभी मुझे जाना है।"

"वही तो... साहब ऐसा क्यों बोल रहे थे... लेकिन आप कितने अच्छे हैं, साहब तो हमेशा उखड़े-उखड़े रहते हैं। यह भी कोई जीवन है!"

तुलसी यह कहते हुए, जैसे खुद से बातें करता हुआ, अपनी जगह लौटने लगा। फिर अचानक पीछे मुड़ कर निर्मल को जाते देखा तो लगभग दौड़ता हुआ पास पहुंच उसके सामने खड़ा हो गया। उसे अपने रास्ते में इस तरह खड़ा पा कर हैरान निर्मल ने उससे पूछा,

"क्या बात है तुलसी?

"छोटे साहब! एक और बात कहूं? मेरी मां वहीं पहाड़ियों पर ही रहती है। वह मेरे लिए हमेशा चिंता करती रहती है। नहीं चाहती कि यहां साहब के साथ रहूं। मैं भी कहां चाहता! बोल दीजिएगा कि तुलसी यहां बहुत खुश है।"

"जरूर बोल दूंगा तुलसी। तुम सचमुच बहुत अच्छे हो।"

5

दूर पहाड़ियों से वे दूरबीन लगाए लड़के को अपनी तरफ आते हुए देख रहे थे। वह खेतों की पगडंडियों को पार करता हुआ आगे बढ़ रहा था। एक लंबी छरहरी काया, तांबई चेहरे पर बेतरतीबी में भी फब रही मूंछ और दाढ़ियां, हल्की पीली सरसों के रंग का लंबा कुर्ता और सफेद पाजामा। कपड़ों वाले जूते जो जहां-तहां ओस से नहाई दूब के संपर्क में आकर भीग रहे थे। और कंधे से लटकता हुआ जूट का वही झोला...। खेतों-खलिहानों में काम कर रहे लोगों की नजर जब इस अजनबी पर पड़ी तो वे अपने काम छोड़ कौतूहलवश उसे देखने लग गए। फिर उनकी नजर पहाड़ियों से देखती दूरबीन पर पड़ी तो वे आश्वस्त हो गए कि अपना ही आदमी है जिसके लिए सरकार आंखें बिछाए वहां खड़े हैं।

किसी की फुसफुसाहट हवा में तिरती हुई उसके कानों तक पहुंची– अरे देखो तो इस बाबू का चेहरा बड़कू से कितना मिलता है! उनके बीच संवाद का एक और बारीक-सा तार हवा में झंकृत हुआ– तभी कहें सरकार का चेहरा आज इतना खिला-खिला क्यों है! छोटे से इस संवाद की गहरी एवं तरल व्यंजना से उसका मन-प्रांतर कहीं भीग रहा था। उसे महसूस हुआ यहां की दुनिया कितनी सहज, कितनी निष्कलुष और हसीन है।

पहाड़ियों की तलहटी तक पहुंच कर वह ऊपर जाने का रास्ता ढूंढने लगा। वहीं पास खड़ी एक महिला ने चहक कर बताया बाईं तरफ झाड़ियों से छुपी, हरी घास वाली एक समतल चढ़ाई है उसी से ऊपर चढ़ जाना। बताए रास्ते पर जब वह आगे बढ़ उठान पर चढ़ने लगा तो वह झाड़ियों की ओट से ऊपर जाते हुए उसे एक टक देखने लगी।

वे उठान के अंतिम सिरे पर खड़े मिले। उसके पहुंचते ही आगे बढ़ कर उसे गले लगा लिया, जैसे वर्षों बाद उनका कोई खास अजीज उनसे मिलने घर आया हो। खुशी से उनकी आंखें चमक रही थीं, लेकिन उस चमक में कहीं कुछ नमी-सी भी थी, धूप में उड़ती मुलायम फुहार की तरह भंगुर। इस दृश्य की व्यंजना इतनी

निर्वसन थी कि तुलसी की अबोध जिज्ञासाओं और रास्ते की हवा में तिरते शब्दों और वाकयों को याद कर वह झेंप-सा गया।

"आओ कमरे में पहले जलपान कर लें, फिर बाहर की सैर करते हुए बातें करते हैं। मैं बहुत देर तक कमरे में बंद नहीं रह सकता। मेरा दम घुटता है।"

उनके पीछे-पीछे वह कमरे में चला आया। उसके पांव जब कमरे की मुलायम गद्देदार जमीन पर पड़े तो पहले तो उसे लगा कि कोई सुंदर सा गलीचा बिछा हुआ है। गौर से देखा तो आश्चर्य हुआ कि नैसर्गिक रूप से उग आई मखमली दूब फर्श पर कितने करीने से स्वतः, अपनी मर्जी से सज गई हैं।

कमरे में एक अजीब मादकता और ताजगी से भरी खुशबू फैल रही थी। जिसमें एक ऐसी चाय की पत्तियों की खुशबू भी शामिल थी जिसे शहरों में हम लेमनग्रास कहते हैं। लेकिन सिर्फ उतना ही नहीं। उस खुशबू में और भी बहुत कुछ था जिसे पकड़ना उसके लिए मुश्किल था। कमरे में बेंत की कुछ कुर्सियां, एक मेज और एक बड़ी, चौड़ी-सी खाट के सिवा और कुछ नहीं था। लड़के की नजर दीवार पर टंगी एक तस्वीर पर जा कर जब कुछ पल के लिए टिक गई तो उन्होंने बताया कि यह बड़कू है। अब नहीं रहा। तस्वीर पर उसने जब एक बार फिर निगाह डाली तो वह चौंक गया। क्या इतना भी साम्य संभव है! एक ही सांचा, एक ही धज। वे गलत नहीं कह रहे थे...

मेज पर बांस की एक खूबसूरत टोकरी में ढेर सारे तरह-तरह के फल रखे थे। कुछ फलों को तो वह पहचानता भी नहीं था। कुछ देर तक कमरे में एक असहज सन्नाटा सांस लेता रहा। दोनों अपने-अपने भीतर कहीं खोए-खोए से दिखे...

"अरे तुम अभी तक बैठे क्या सोच रहे, पहले फल तो खाओ।"

उन्होंने सन्नाटे को तोड़ने की कोशिश की।

उसने टोकरी से एक फल उठा लिया। तभी एक महिला अंदर से मिट्टी की प्यालियों में वही खुशबूदार चाय लिए नमूदार हुई और थोड़ी झेंपती-मुस्कुराती प्यालियों को मेज पर रख कर वैसे ही वापस अंदर चली गई। कमरे में पहले से ही तिर रही खुशबू पुनर्नवा हो उठी थी। उसे अचानक लगा कि यह महिला कहीं वही तो नहीं जिसने उसे पहाड़ियों पर चढ़ने का रास्ता दिखाया था।

"बड़कू के जाने के बाद माया के चेहरे पर आज पहली बार ऐसी चमक देख रहा हूं।"

"मैं समझा नहीं, कौन-सी माया?"

"वही जो अभी चाय रख कर गई। बड़कू को बहुत चाहती थी, उसकी दोस्त थी।"

"ओह!!! क्या हुआ था उन्हें?"

वे चुप रहे जैसे कुछ सुना ही नहीं। वे वहां थे ही नहीं। अपने भीतर किसी बीहड़ एकांत-प्रवास में लौट गए थे। चाय की प्यालियों से उठती भाप की कोमल लहरों को कुछ देर दोनों गौर से देखते रहे। फिर प्याली को होंठों से लगाते हुए निर्मल ने कहा, ऐसी तासीर और खुशबू वाली चाय उसने पहले कभी नहीं पी थी। इस बार उनकी सफेद घनी मूंछों पर वह मुस्कान लौटने लगी जो उनकी अपनी थी और जिसके बिना उनका चेहरा उनका नहीं किसी और का दिखता था। वे दोनों मेज के आमने-सामने कुर्सियों पर चुपचाप बैठे थे।

माया थोड़ी देर बाद एक बार फिर कमरे में दाखिल हुई। इस बार हाथ में गर्म दूध की दो छोटी-छोटी मटकियां और खाली गिलास लिए। उन्हें मेज पर रख दिया, मेज पर पहले से रखी फल की टोकरी को उसके और निकट सरका दिया। और बिना कुछ कहे अंदर चली गई।

"बड़कू आया है क्या?"

अंदर किसी अदृश्य कोने से आती घरघराहट भरी आवाज सुन वह चौंक उठा है। यह आवाज वर्षों से स्मृतिलोप और मतिभ्रम की शिकार, एक कमरे में मूक और मृतप्राय पड़ी, सरकार की पत्नी की थी। और मुद्दतों बाद आज अचानक इतने स्पष्ट और मुकम्मल ये शब्द उनके गले की जिद्दी घरघराहटों के बावजूद बाहर निकल आए हैं।

यह सुन कर निर्मल अपनी जगह से हिला है और बिना कुछ सोचे सीधे उनके कमरे में चला आया है।

"हां, मैं ..."

उसने कुछ कहना चाहा है, लेकिन उन्होंने सुना कुछ भी नहीं। वे सिर्फ देख सकती थीं। वे कब की बाहरी किसी आवाज से परे बहुत दूर जा चुकी थीं। वे अपने भीतर की किन्हीं अबूझ अंधेरी गुफाओं में भटकती मिलीं, किसी के इंतजार में थक चुकी, बड़ी-बड़ी फटी हुई गहरी आंखों से निर्मल को बस एक टक निहारती हुई।

कमरे में इस तरह निर्मल की औचक उपस्थिति से उनके सिरहाने बैठी माया अवाक रह गई है। वह अपनी गोद में पता नहीं कब से बैठी एक बिल्ली का सिर सहलाने लगी है।

निर्मल सिरहाने की इस तरफ उनकी खाट पर जा कर बैठ गया है। निर्मल को अपने इतने पास पा कर न जाने कहां से उनकी कब से शिथिल पड़ चुकी देह में इतनी ताकत आ गई है कि एक झटके से वे उठ बैठी हैं। इशारे से उसे अपने और पास बुलाया है और बेतहाशा कभी उसके माथे को चूमतीं हुई तो कभी उसके केश और दाढ़ियों पर अपनी पतली उंगलियां फेरती हुई कुछ बोलने की लगातार कोशिश

कर रही हैं, लेकिन अब शब्द बाहर आने से इनकार कर दे रहे, गले की घरघराहट में जहां-तहां अटक जाते। और वे असहाय निरुपाय उसे फटी आंखों से देखने लग जातीं... निर्मल ने अचानक देखा माया की गोद में बैठी प्यारी-सी एक बिल्ली उसे आश्चर्य से घूर रही है...

और अब एक बार फिर से उनकी आंखें मुंद गई हैं और वे पहले की तरह निश्चेतन पड़ गई हैं। लेकिन चेहरे पर वर्षों से तारी जीवन से मुक्त हो जाने की वह बेचैनी सिरे से गायब है जिससे वे लगातार संत्रस्त रही हैं। अब वहां मृत्यु को चुनौती देती हुई जीवन के उत्सव की कुछ बेतरतीब चिंदियां हैं जो बाहर पत्तों से छनकर आती सूरज की मुलायम रोशनी में टिमटिमा रही हैं...

इस बीच पूरे समय बापू अपने कमरे में ही अंदर कोठरी की देहरी और बाहर खुलते दरवाजे तक की लंबाई में खुद की बेचैनियां और अंदर की कोठरी की हरारत नापते रहे।

•

थोड़ी ही देर बाद वे लोग कमरे से बाहर निकल आए और जंगलों की तरफ बढ़ गए हैं। उनके जाने के बाद माया एक बार फिर बाहर के कमरे में आई है। और खुले दरवाजे पर खड़ी उन्हें जंगल की तरफ ओझल होते देख रही है। लौटती हुई देखती है कि कमरे की मेज पर फल की टोकरी वैसे ही भरी पड़ी है। एक अदद तेंदू फल का छिलका बस मेज पर पड़ा है। दूध की मटकियां भरी हुई जस-की-तस पड़ी हैं। लेकिन नहीं, उतनी भी जस-की-तस कहां! कमरे के भीतर सांस लेते असहज सन्नाटे की एक मोटी परत दूध की सतह पर जमी है।

इस बीच वे बहुत आगे निकल गए हैं। पहाड़ियों पर जामुन, शहतूत, और फलों से लदे तेंदू के पेड़ों, झाड़ियों, जड़ी-बूटियों और मिट्टी के ढूहों से उठती सोंधी खुशबुओं के बीच से गुजरते हुए, अभी-अभी कमरे में घटित उम्मीदों के सुखद तहखानों के भीतर खुद को टटोलते हुए।

निर्मल ने देखा अचानक किन्हीं घनी झाड़ियों की ओट से कुछ मेमने और बकरियां बाहर निकल कर उनकी तरफ आने लगी हैं। एक-दूसरे से आगे निकल जाने की होड़ में फुदकती हुई। इस बीच सुदूर किसी घर से एक बच्चे की लगातार रोने की आवाज भी आने लगी थी। बापू ने पास से गुजरती बकरियों को पुचकार कर रोकना चाहा। बकरियों ने बिना रुके पलट कर उन्हें देखा, जैसे कह रही हों अभी जरूरी काम है, लौट कर मिलती हूं। फिर बापू ने उसे बताया कि यह बच्चा जब भी रोता है तो ये बकरियां जहां कहीं भी हों उसके पास दौड़ी चली आती हैं। पलट कर दूर से उसने देखा किसी महिला ने रो रहे एक बच्चे का मुंह सीधे एक बकरी की

छाती से लगा दिया है और बच्चा चुप होकर दूध पीने लगा है। महिला बच्चे को अपने हाथ का सहारा दिए वहीं घास पर बैठ गई है, और बाकी कुछ बकरियां कभी बच्चे के मुलायम तलबों को तो कभी महिला के हाथ को अपने सिर से स्पर्श कर लाड़ जता रही हैं।

और वे लोग कुछ ही दूर बांस के झुरमुटों से बाहर निकल एक घने पेड़ के नीचे कुछेक क्षण के लिए खड़े हुए होंगे कि पेड़ से उतर कोई चिड़िया सीटी-सी मधुर आवाज निकालती हुई सीधे उसके कंधे पर आकर बैठ गई थी। फिर फुदक कर बापू के कंधे पर भी जा बैठी है। जैसे ये पशु-पक्षी भी अपने घर आए किसी नए मेहमान का स्वागत कर रहे हों। यह सब उसके लिए एक अनिर्वचनीय, जादुई अनुभव था। उसे लगा जैसे वह इस पृथ्वी से इतर किसी रहस्य-लोक में विचरण कर रहा हो। उसने तो शहरों में अबतक यही देखा था कि बिल्लियां आदमी से दूर-दूर ही रहती हैं। सड़कों पर कहीं दिख भी जाएं तो आदमी को देख कर डर जाती हैं। और परिंदे तो केवल आसमान में उड़ने के लिए ही बने होते हैं। या फिर आदमी उन्हें अपने मनोरंजन के लिए घर के पिंजड़ों में दास बना कर भी रख लेता है।

"वे तुम्हारा स्वागत करने ही तो आई थीं। वे ग़ैब की भाषा के सबसे निकट होती हैं, और उसी कुदरती भाषा में हमसे संवाद करती हैं। उस भाषा के सामने हमारे अपने गढ़े शब्द कितने बेजान और निरुपाय प्रतीत होते हैं। वे हमारी भाषा से कहीं अधिक हमारी नीयत को पहचानती हैं। इस जगह और यहां के लोगों को लेकर तुम्हारा आश्चर्य और कौतूहल तुम्हारी आंखों में मुझे अहर्निश दिखता है। इसलिए सबसे पहले मैं तुम्हें वही सब बताना चाहूंगा जो तुम जानना चाहते रहे होंगे।"

फिर वे नीचे चारों ओर दूर-दूर तक फैली विहंगम वादियों को दिखाते हुए उसे बताने लगे,

"हजारों-लाखों एकड़ में फैली यह जमीन जो तुम देख रहे हो वह एक समय आदिवासियों का सुकून भरा बसेरा था जिसे विकास के खूनी जबड़े लील जाना चाहते थे। इलाके को अपने कब्जे में लेने की कोशिश वे लगातार करते रहे। आदिवासियों के पक्ष में लड़ने को तैयार, मजबूत इरादे से लैस एक संगठन भी इलाके में सक्रिय था। लंबी जंग चली और खून-खराबे भी हुए। हमारे भी कुछ लोग मारे गए..."

वे बोलते-बोलते अचानक रुक गए, फिर पूछा,

"तुम जानना चाहते थे न बड़कू को क्या हुआ था? उसे बंधक बना कर रखा गया था। हमने जब उनकी शर्तें नहीं मानीं, आत्मसमर्पण नहीं किया, तो उसे यातनाएं देकर मार दिया गया। मैं उस संगठन का सरगना था। और इसका आघात उनपर

ऐसा पड़ा कि उससे आज तक उबर नहीं पाईं... तुमने तो अभी देखा ही कि... कैसी भयावह बेचारगी, कैसी खामोश निस्सहायता उनके चेहरे पर हरदम विराजती है... मैं तो उनके कमरे में जाने की हिम्मत तक नहीं कर पाता, एक अपराध-बोध मुझे घेर लेता है...”

उनका स्वर टूट रहा था, आवाज लरजने लगी थी। वे फिर अपने भीतर किसी बीहड़ में फंस गए थे। लेकिन कोशिश कर तुरंत बाहर निकल आना उन्हें आता था। उन्होंने अपनी बात जारी रखी,

“वे आदिवासियों को यहां से खदेड़ना चाहते थे, लेकिन अंततः हम उन भेड़ियों को खदेड़ने में सफल हुए। कुछ व्यक्तिगत और सामूहिक कीमतें जरूर चुकानी पड़ीं पर आज यह पूरा इलाका आदिवासियों के कब्जे में है। उदात्त मकसदों को हासिल करने के लिए हमें व्यक्तिगत हित को सामूहिक हित के हाशिए पर लहूलुहान छोड़ देना पड़ा। हमने यहां कोई सड़क नहीं बनने दी। हमें शहर जाने की कभी कोई जरूरत नहीं पड़ती। जरूरत की तमाम चीजें यहां प्रचुरता में उपलब्ध हैं। प्रकृति की भारी कीमत पर आदिवासियों के विकास के लिए आए तमाम अनर्गल प्रस्तावों का हमने, सब मिलकर विरोध किया। प्रकृति के साथ आदिवासियों का अटूट और निस्पृह रिश्ता है, जो उसकी तमाम नैसर्गिक सांस्कृतिक छवियों और विविधताओं में यहां बहाल है।

“शहरों में जहां लोग रोज मरने और मारने की कला सीख रहे हैं, हमने यहां आदिवासियों से मनुष्य होने की भाषा और कला सीखी है। उन्हें इस पूरी सृष्टि और उसमें अपने हिस्से की भूमिका की गहरी समझ है। यह कुदरती समझ उनके व्यवहार, उनकी आपसदारियों, संस्कृति और जीवन-शैली में स्पष्ट दिखती है।

“हजारों एकड़ जमीन पर बनी वो ठाकुरबाड़ी तुमने देखी होगी। इसके भीतर छोटे-छोटे कई मंदिर हैं। वहां बस्ती के लोग नियमित पूजा करते हैं, और अन्य सांस्कृतिक गतिविधियों में शामिल होते हैं। वे विशेष रूप से अपने आदिदेव शिव और देवी भैरवी की पूजा करते हैं। उनका मानना है कि देवी गुप्त शत्रुओं से उनकी रक्षा करती हैं। उन्हें अपनी आस्था और संस्कृति के साथ जीने का पूरा हक था। इसलिए उनकी आस्था से भी कोई छेड़छाड़ करना हमने मुनासिब नहीं समझा। यहां तक कि उन मंदिरों के आदि स्वरूप को भी हमने बरकरार रखा है। उनके अपने पर्व-त्योहार और उत्सव हैं जिन्हें वे अपनी मर्जी से अपनी विशिष्ट शैली में इसी परिसर में मनाते हैं।

“बाहरी किनारों पर कतारों में सजी वो ढाबों जैसी जगहें भी तुमने देखी होंगी, जहां पहली बार यहां आते हुए तुम ठिठके थे, और तुम्हारी आंखों में हमारी इस

दुनिया के प्रति एक अनुराग जन्म ले रहा था। वे दरअसल हमारे भंडार हैं, और उससे थोड़ा हट कर मवेशियों के खटाल भी हैं। किसी भी भंडार या खटाल में घुस जाओ और उसके पिछवाड़े जा कर देखो लहलहाती फसलों को। जहां तक नजर जाए वहां तक देखो। सुदूर पहाड़ियों तक फैला अपने बूते हासिल किया गया यह साम्राज्य हमारा है, हम सब का। मनोज कुमार की फ़िल्म उपकार का वो गाना याद है? 'मेरे देश की धरती सोना उगले, उगले हीरे मोती'। ये सोना और हीरे-मोती ही तो हैं!"

वे पूरे उत्साह में अचानक हंसने लगे, जीवन भर की संचित क्लांति, सुख और संताप से रिसती, चमकती हुई हंसी जिसमें अपने लोगों के हिस्से की सुकून-भरी दुनिया दुश्मनों से जीत कर उन्हें मुकम्मल सौंप देने का सुख और दर्प भी कहीं शामिल था। और फिर एक सौम्य लेकिन जहीन-सी मंद मुस्कुराहट उनकी सफेद घनी मूछों के भीतर से झांकने लगी। और यही उनके चेहरे का स्थायी भाव भी था।

"यहां के जीवन की स्वायत्तता और सातत्य को निरापद बचाए रखने के लिए हमें पर्याप्त पैसों की जरूरत थी। अपने लोगों को दुश्मनों के हमलों से बचाए रखने के लिए, उनकी सुरक्षा के लिए, एक बड़ी पूंजी की जरूरत पड़ी। इसलिए आदिवासियों की पारंपरिक फसलों के अतिरिक्त हमने गांजे और अफीम की फसलें भी उगाईं। गांजे और अफीम की फसलों में केवल मादकता और मस्तियां ही नहीं हैं। इनकी गुप्त शक्तियों का अंदाजा तुम्हें नहीं होगा। कोई तो बात होगी कि पूरी दुनिया इनकी दीवानी है। किसी भी कीमत पर खरीदने को तैयार। तुम्हें बताने में हमें कोई गुरेज नहीं कि बहुत दिनों तक हमने इसका व्यापार किया। सभ्य लोगों ने इसे तस्करी कहा, लेकिन उन्होंने ही अपने उपभोग और आनंद के लिए इसकी मांग भी निरंतर बनाए रखी। एक समय यही व्यापार हमारी स्वायत्तता और सुरक्षा का मजबूत आधार बन गया। साध्य अगर महान है तो हम साधन की परवाह नहीं करते। सार्वजनिक हितों की कीमत पर खोखले उसूलों की दुहाई नहीं देते। आज हम अस्पतालों, विद्यालयों, वृद्धाश्रमों और अनाथालयों को सैकड़ों करोड़ की राशि चंदों के रूप में देने में समर्थ हैं तो यह उसी धंधे से अर्जित धन से संभव हुआ है। ईमानदारी से काम करने वाले बहुत सारे स्वयंसेवी संगठन आर्थिक रूप से आज हमारे ऊपर निर्भर हैं। जिस संस्था ने तुम्हें यहां भेजा वह भी। कोरोना महामारी के समय स्वयंसेवी संस्थाओं को हमने करोड़ों रुपए अलग से अनुदान दिए। और तुम्हें जानकर शायद आश्चर्य हो कि हमारे इलाके में सामान्यतः कोई बीमार नहीं पड़ता। एक भी व्यक्ति कोरोना जैसी महामारी से भी संक्रमित नहीं हुआ। जहां शहरों में लोग निठल्ले दो वर्षों तक लगातार मास्क पहन कर हाथ

धोते रहे, हमारी दिनचर्या सामान्य रूप से निर्बाध चलती रही। हम अपने खेतों-खलिहानों में काम करते रहे। हमेशा की तरह, लोगों, मवेशियों, पेड़-पौधों, फूलों-तितलियों, पहाड़ी झरनों, चिड़ियों और नदियों के साथ आपसदारियां निभाते रहे।"

बाहर हवा में अचानक उन्हें थोड़ी ठंडक-सी महसूस हुई। कंधे पर पड़ी अपनी चादर उन्होंने ओढ़ ली है। वे लोग बहुत देर तक तफरीह करते हुए जंगलों में बहुत दूर निकल आए थे जहां हिरणों के कुछ शावक कुलांचे भरते हुए खेल रहे थे। आहटें सुन कर जैसे उनके कान खड़े हो गए हैं, हमलोगों की तरफ उत्सुक निगाहों से देखा है, और फिर कुलांचे भर आपस में खेलने लग गए हैं। अपनी ओर कदम बढ़ते किसी आदमी के पदचाप से उसकी नीयत की शिनाख्त करना उन्हें भी आता है। बापू चलते-चलते रुक गए हैं। कमजोर शरीर पर एक थकान-सी भी तारी है। उन्होंने वापस कमरे में चल कर ही बात करने का प्रस्ताव रखा। इतनी दूर निकल आने के बाद भी निर्मल के चेहरे पर आज कहीं कोई थकान नहीं थी, वहां एक ऊर्जा और उत्साह का अविरल संचार था। वह चाहता था कि वहां के पेड़ों, हवाओं और वन्य-प्राणियों के सान्निध्य में कुछ देर अभी और ठहर जाए। लेकिन उसकी नजर बापू के अतिशय क्लांत चेहरे पर जब दुबारा पड़ी तो उसने हामी भर दी।

"बापू! कितनी सुंदर, अकल्पनीय है आपकी यह जीवन-यात्रा... आपकी यह दुनिया... लोगों के प्रति आपका यह असाधारण प्रेम और समर्पण... एक अलग ही लोक की तिलिस्मी कथा कहती हुई... लेकिन आपने अभी अफीम और गांजे की खेती और तस्करी की बातें भी बताईं। क्या यह यहां गैर-कानूनी नहीं है? सरकार ने शायद प्रतिबंध लगा रखा है।"

इस बार कुर्सियां कमरे के बाहर रखी मिलीं। कुर्सी पर बैठते ही लड़के ने एक सहज जिज्ञासा और उत्साह से ये बातें कह डालीं।

"ओह! तुम पढ़े-लिखे लोगों की यही तो परेशानी है। कौन सा कानून? और कौन सी सरकार? हम खुद यहां के सरकार हैं। हमारा अपना ही कानून यहां चलता है। सरकार ने तो यहां पहुंचने की तमाम कोशिशें कीं। नाकामयाब रही। यहां सड़कों के निर्माण और विकास की कोशिशें इसलिए ही की गईं कि हमारी इस प्रकृत व्यवस्था को ध्वस्त कर यहां आधुनिक कल-कारखाने लगाए जाएं। फसलों की जगह कंक्रीट के जंगल उगाए जाएं। फेफड़ों और दिल की असाध्य बीमारियों और महामारियों को आमंत्रित कर बस्तियों को तबाह कर दिया जाए। घर-परिवार के मानवीय रिश्ते और नैसर्गिक जीवन-शैली को ध्वस्त कर एक खुदगर्ज, लोलुप और आत्मरत समाज की नींव डाली जाए। एक ऐसी संवेदनहीन यांत्रिक सभ्यता बसाई जाए कि बच्चे और उम्रदराज अशक्त लोग उनके कारखानों की चिमनियों से निकलते धुआं

और पर्यावरण में व्याप्त जहरीली हवा में खांसते हुए एक दिन मर जाएं। और... और तुम्हारे पिता को क्या हुआ था...?"

लड़का यह सब सुन कर कुछ देर स्तब्ध, जड़वत बैठा रहा। उसकी आंखें डबडबा गईं। फिर वह अचानक उठ कर खड़ा हो गया कि जैसे अब जाने की मूक इजाजत मांग रहा हो। और इसी बीच न जाने कब माया के कमरे से बाहर निकल वह बिल्ली अचानक निर्मल के पैरों से लिपट कर लाड़ जताने लग गई है। और बापू ने देखा निर्मल की डबडबाई आंखें अब खाली हो गई हैं।

"इसका नाम साया है। माया के साया की तरह हर पल उसी के साथ रहती है। मैं समझ सकता हूं। तुम्हारे पिता के बारे में शायद मुझे इस तरह नहीं पूछना चाहिए था। अगर मानो तो मैं भी तुम्हारे पिता समान ही हूं। मुझे बहुत अच्छा लगा था जब तुमने मुझसे कहा था कि जीने के लिए रोज मरना पड़ता है 'बाबूजी'। कोई बात नहीं, आराम से कल फिर हम बात करेंगे। बातें अधूरी रह गई हैं। तुम्हारे काम के बारे में भी कुछ जरूरी बातें तुम्हें समझानी थीं। पता नहीं क्यों ऐसा लगता है कि तुम्हें मैं अपने युवा संघर्ष के दिनों से ही जानता हूं, अपने मकसद और सपनों को तुमसे तभी से साझा करता रहा हूं... कि साधिकार मैं तुम्हें कुछ भी कह सकता हूं।"

वह उनके सामने रोना नहीं चाहता था। कमजोर पड़ जाने से बचना चाहता था। उसने हामी भरी और एक बार फिर से अपनी डबडबा गईं आंखों को बापू से छुपाने की कोशिश करता हुआ ढलान के मुहाने की दिशा में चुपचाप तेज कदमों से आगे बढ़ गया है।

"ओह! आराम से..."

उसे इस तरह जाते देख बापू ने बस इतना कहा। बिल्ली उछल कर अब उनकी गोद में आ बैठी है और निर्मल को जाते हुए एक-टक देख रही है। वह हरी घास से पटी ढलान से नीचे उतरने लगा है। तभी उसे कहीं दूर पहाड़ियों से उतरती, दुआओं-कामनाओं जैसी आर्द्रता में बजती, एक आतुर आवाज सुन पड़ी,

"बापू का बुरा मत मानना। वे बहुत अच्छे हैं।"

घर के पिछवाड़े से माया ने लड़के को ढलान से उदास उतरते देख लिया था। और बहुत हिम्मत बटोर कर यह बात उसने उसे कह डाली। लड़के ने केवल उसकी आवाज सुनी, आवाज की मायाविनी ऊपर किसी घने पेड़ की ओट में बैठी रही, और जो उसे, ढूंढने पर भी कहीं, नहीं दिखी। माया का मन हुआ कि चिल्ला कर यह भी कह दे कि जो कुर्ता तुम पर इतना फब रहा है उसे मैंने अपने हाथों से करघे पर बुना था, बापू के बड़कू के लिए।

उसके सामने उग चुके सूरज की उजास थी। नीचे घास की कोमल पत्तियों पर उसकी आंखों से टपकी दो-चार बूंदें सूरज की रोशनी में ओस की तरह चमक उठी थीं। और उसकी बेहद उदास आंखों के किनारों पर टिमटिमाती उम्मीदों से भरी एक दुनिया आकार लेने लगी थी।

अचानक उसे लगा सामने घाटियों से उसी रास्ते धीरे-धीरे ऊपर पहाड़ियों की दिशा में चलती हुई एक छाया-सी आगे बढ़ रही है। उसने गौर से देखा उसे वह दृश्य बहुत अपना-सा लगा। उसकी मां की चलती हुई छाया भी ऐसी ही बनती थी। थोड़ी ही देर में एक अधेड़ महिला अब उसके बहुत पास से गुजर रही थी। महिला ने उसे पहचान लिया है। उसे उदास देख कर उससे पूछा है,

"बाबू तुम इतने उदास क्यों हो, शहर और मां की तो याद नहीं आ रही? अरे हां! तुलसी मिले तो कह देना मैं अच्छी हूं।"

"आप तुलसी की मां हैं?"

"और क्या हो सकती हूं!"

"तुलसी ने तो आपके लिए भी संदेश भिजवाया था। बहुत भोला और प्यारा है... कह रहा था कि वह बहुत खुश है।"

"आज तक कोई संतान अपनी मां से झूठ बोल पाई है क्या? तुम बोल पाए थे? नजर न लगे तुम भी कम प्यारे नहीं हो..."

स्वयं से जैसे कुछ और भी बोलती हुई और हंस कर अपनी उदासियां छुपाने की कोशिश करती हुई वह पहाड़ियों पर फिर चढ़ने लगी है। और वह निरंतर उसे जाते हुए देखता कुछ देर वहीं मंत्र-मुग्ध सा खड़ा रह गया है।

6

दूसरे दिन जब वह एक बार फिर बापू से मुलाकात के लिए पहाड़ियों पर जाने को तैयार हुआ तो उसे याद आया कि पुजारी ने उससे एक दिन कहा था कि वह अपनी डिग्रियां और प्रमाण-पत्र उन्हें जरूर दिखा दे। और आज उनके सामने आते ही उसने अपने झोले से कुछ कागजात निकालने की हरकत अभी की ही थी कि बापू ने उसे सख्ती से टोका,

"तुम्हें किसने कहा कि हमें एक पढ़े-लिखे युवक की जरूरत थी? क्या हमने कभी तुम्हारी पढ़ाई और डिग्रियों के बारे में पूछा? मुझे इन डिग्रियों में मनुष्य की दासता की बेड़ियां नजर आती हैं, और उसके दास बने रहने की आकांक्षाएं और बेचैनियां भी। हमें बस एक समर्पित, बुद्धिमान, और पूरी प्रकृति से प्रेम करने वाले एक मुकम्मल इंसान की जरूरत थी। एक ऐसे शख्श की जिसमें खुद जंगल, पहाड़ और नदी हो जाने का भरपूर हौसला और सनक हो। एक ऐसा यायावर जो जंगलों पहाड़ों से गुजरता हुआ हर पेड़, हर जीव और हर इंसान से गले लिपट जाए जबकि नहीं जानता हो वह किसी का नाम भी। तुम्हारी शख्सियत में यह सब पहली मुलाकात में ही मुझे दिख गया था। मैंने तो कोई पढ़ाई नहीं की है। क्या तुमसे कोई कमतर हूं?"

यह सुन कर निर्मल, जो अभी-अभी उनसे मिलने उनके पास आया था और ठीक से बैठा तक नहीं था, खुद अपनी कमतरी के अहसास से झेंप गया था... कि पढ़ने-लिखने के बाद भी इस दुनिया के बारे में कितना कुछ जानने-समझने को शेष रह जाता है! वह बस मुस्कुरा दिया था लेकिन उस मुस्कुराहट पर उसकी बेचैनियां बहुत भारी पड़ रही थीं... कि क्या वह सचमुच उनकी इन उदात अपेक्षाओं और उम्मीदों पर खरा उतर पा रहा है। बापू ने अपनी बात जारी रखी,

"जान कर तुम्हें आश्चर्य होगा कि यहां की बस्तियों में रहने वाले बच्चों के लिए भी कोई औपचारिक शिक्षा की व्यवस्था नहीं है। दरअसल किसी भी व्यवस्था पर हमारा यकीन नहीं है। पढ़ा-लिखा कर शहर की मंडियों में हमें उन्हें बेचना नहीं

था। यहां के माता-पिता अपने बच्चों की परवरिश उन्हें सरकारी संस्थानों और औद्योगिक घरानों में खपा देने के लिए नहीं कर रहे थे।

"...जीने के लिए रोज-रोज मरना पड़े, जीवन की इस विडंबना से उन्हें बचाना था। तुमने जब मुझसे कुछ ऐसी ही बात कही थी तो मुझे तुम्हारे भीतर पल रहे, ऐसी सभ्यता-निर्मित क्रूर परिस्थितियों और व्यवस्था के प्रति, एक सघन असंतोष और मौन इंकलाब की झलक भी मिली थी। कभी गौर से सोचना कि जैसी सभ्यता के निर्माण की दिशा में हम मुब्तला हैं क्या वही प्रायः हमारे तमाम दुखों का कारण नहीं है!

"सोचना कि सभ्यता ने हमारे नैसर्गिक सौंदर्य-बोध और हमारी आंतरिक संवेदनात्मक दुनिया को किस तरह ध्वस्त किया है। हमें फसलों की जगह उगाई गई लोहे, शीशे और कंक्रीट की इमारतें क्यों बहुत सुंदर लगने लगी हैं। स्वयं प्रकृति ने पहाड़ों, जंगलों, नदियों के पूरे पर्यावरण में सौंदर्य, कला और संगीत के अद्भुत संयोजन से जो छवियां और संरचनाएं निर्मित की हैं उनके प्रति सभ्य समाज की बेरुखी कितनी आत्महंता है! वे केवल मनोरम दृश्य नहीं हैं, वे समस्त जीवों के सहअस्तित्व और सहजीवन के लिए बेहद जरूरी स्पंदन और ऊर्जा के स्रोत भी हैं।

"कभी यह भी सोचना पृथ्वी आग का गोला क्यों बन गई है। पैदल चल कर यहां आते हुए तुमने यही महसूस किया था न? ... हम जैव विविधता को नष्ट कर जीने के लिए जरूरी इन संजीवनी स्रोतों-संसाधनों और पर्यावरण को ही नष्ट कर रहे। सभ्यता ने हमें खुद के विरुद्ध हो जाने के लिए उपलब्धियों के नाम पर ढेर सारे संश्लिष्ट और गोपनीय हथियार उपलब्ध कराए हैं और जिनका प्रभाव प्रत्यक्ष हिंसा के लिए उपलब्ध पारंपरिक हथियारों से कहीं ज्यादा दूरगामी और खतरनाक है। इसने मानवता के हत्यारों को अपना सफेद लिबास पहना रखा है। इस लिबास में हम उन्हें पहचान भी नहीं पाते। क्योंकि वे हमें जाने-पहचाने पारंपरिक औजारों से नहीं मारते। वे हमें जीवन की उन ज़रूरी चीजों और स्रोतों-संवेदनाओं से ही निर्ममतापूर्वक विलग कर देते हैं जिनके बिना हमारा जीना मरने से भी बदतर हो जाता है...

"अगर तुम्हें सचमुच, अपने भीतर यह महसूस होता हो कि तुम मेरी इन बातों से इत्तफाक रखते हो तो अब मैं तुम्हारे काम के बारे में तुम्हें बताऊंगा। जिस काम के लिए तुम्हें यहां बुलाया गया था उसकी बात तो फिर कभी, अभी एक जरूरी काम निकल आया है उसकी बात करता हूं।"

"मैं तो इंतजार ही कर रहा था कि कब आप मुझे मेरा काम बताएंगे। अनुमति हो तो एक बात पूछूं।"

"जरूर। अनुमति जैसी औपचारिकता की भी क्या जरूरत!"

"क्या पुजारी रात-दिन जागता रहता है?"

"यह तुम्हें किसने कहा?"

"कल आपके पास जब आ रहा था तो उसके गार्ड ने कुछ देर मुझे रोक लिया था। कुछ बातें करना चाहता था।"

"मैं भी उसी के बारे तुमसे बातें करने वाला था। तुम्हें पता है या नहीं कि पुजारी यहां का कोई पुजारी नहीं है। हमारे समुदाय को कभी किसी पुजारी की दरकार नहीं होती। वह हमारा सहयोगी है। पुजारी दरअसल उसका नाम है— प्रजापति पुजारी। तुम्हारी ही तरह शहर से यहां काम करने आया था। बहुत पढ़ा-लिखा आदमी है। और यही उसका सबसे बड़ा अवगुण भी है। यह आदमी आरंभिक दौर में बहुत अच्छा काम कर रहा था। रुपए-पैसे और चंदा आदि का हिसाब वही रखता था। हमारा भरोसेमंद साथी भी था। लेकिन हाल के दिनों में वह हमसे और यहां के तमाम लोगों से बिलकुल कटा-कटा रहने लगा है, अपने घर को सजाता-संवारता प्रायः अपनी चहारदीवारी में ही कैद। बातें भी केवल अपने गार्ड से ही करता है। मेरे बुलाने पर भी शायद ही कभी इन पहाड़ियों पर भी आता है। मुझे संदेह है कि उसके तार कहीं शहर और सत्ता-संस्थानों से तो नहीं जुड़ रहे, उनके बीच दुरभिसंधियां तो नहीं आकार ले रहीं। अकसर जब मैं रातों में उसके पास से टहलता हुआ गुजरता हूं तो मुझे उसके कमरे से कुछ आवाजें भी सुन पड़ती हैं, जैसे वह जोर-जोर से पूरे आवेश में किसी से बातें कर रहा हो। सोचता कि हो सकता है कि तुलसी से बातें कर रहा हो, लेकिन और पास जाकर देखता हूं तो तुलसी आसपास बाहर ही कहीं नजर आ जाता है। इस बाबत तुलसी से जब एक बार पूछा तो वह सहम गया, कुछ बता नहीं पाया। बताता भी क्या, वह बहुत भोला है। बहरहाल, मुझे कोई ठोस प्रमाण नहीं मिल पाया है। मेरी आशंकाएं अभी अपुष्ट हैं। प्रमाण तुम्हें जुटाना है। उस पर निगाह रखनी होगी। क्या कर पाओगे?"

यह सब सुन कर लड़का थोड़ी देर के लिए घोर असमंजस में पड़ गया। क्या मुझे यहां जासूसी का काम भी करना होगा! इस काम के जोखिम और आसन्न दुष्परिणतियों को लेकर आशंकित कुछ देर वह खुद को तोलने की कोशिश करता रहा। फिर उसे लगा यह तो मानव मन की स्याह कंदराओं में एक बार फिर से उतरने का एक अच्छा अवसर हो सकता है। तब अचानक एक उत्साह और आश्वस्ति के साथ उसने कहा,

"अगर आपका भरोसा और साथ है तो जरूर कर लूंगा।"

"मुझे तुम पर पूरा भरोसा है। और मैं इस कार्य के संपन्न होने तक हर पल तुम्हारे साथ हूं। मेरा यह नकारा बेटा यह काम नहीं कर पाया। वह बहुत भोला है। भोले तुम भी हो, लेकिन तुम्हारे पास इस काम के लिए जरूरी विवेक, मनोविज्ञान की समझ और विरल धैर्य जैसी संपदा भी है। वह तो अपना काम भूलकर उसके साथ बस गांजा पीता रह गया। पुजारी यही चाहता भी था। क्या पता अभी भी शायद वहीं कहीं पड़ा हो। मेरा बड़कू बहुत काबिल और संजीदा था। तुम्हारी तरह। मैं शरीर से अशक्त हो चुका हूं। कुछ ही दिनों में नब्बे का हो जाऊंगा। इस उम्र में शरीर से कोई कितनी अपेक्षा रख पाए, उस पर कितना भरोसा कर पाए! अबतक शरीर और मगज से इतना काम ले चुका हूं कि वे किसी दिन बगावत पर उतर आ सकते हैं। मुझे चिंता होती है, बल्कि यह सोच कर दहल जाता हूं कि मेरे बाद इतनी जतन से बसाई हमारी इस अनमोल दुनिया का क्या होगा!"

"मुझे पूरा भरोसा है बापू कि हमारी यह दुनिया आगे भी महफूज रहेगी। मुझे इस दुनिया से बेइंतहा प्यार है।"

"मुझे पता था। मैं तुमसे यही सुनना भी चाहता था मेरे बच्चे। अब मैं तुम्हारे प्यार में दस-बीस वर्ष और आराम से जी लूंगा। शरीर और मन की किसी बगावत से भी निपट लूंगा। फिर यह भी सोचता हूं कि पूरी दुनिया ही जब एक अवश्यंभावी प्रलय का उत्सव मनाने को तैयार बैठी हो तो हमारी यह छोटी-सी दुनिया कितने दिनों तक किसी अंतरीप की तरह बची रह पाएगी ... चलो ऐसा भी क्या सोचना, तब यह सब देखने-सुनने के लिए भी कौन जिंदा बचेगा!... मैं तो अब उस दिन के इंतजार में जी रहा हूं कि जब इन आबाद बस्तियों को हमारी या तुम्हारी कोई जरूरत ही न हो... चलो तुम आज हमारे पास अपने घर लौट आए हो यह सुख भी कुछ कम तो नहीं!"

यह कहते हुए बापू ने एक नजर ऊपर बड़कू की तस्वीर पर डाली। उनकी गहरी, उदास डबडबाई आंखों में एक चमक लौट आई थी। एक अनिर्वचनीय पुत्र-वत्सल चमक जिसके भीतर से बड़े बेटे को खो देने का सघन संताप आज पहली बार पिघल कर बह रहा था।

7

इस बीच पहाड़ियों पर ही रहने के लिए उसने अपने लिए एक जगह चुन ली थी। यहां पर कमरे के बाहर सोते हुए चारों तरफ फैली वादियों के दृश्य में वह अकसर खो जाता। ऐसे में खुद को खो कर बहुत कुछ अन्यथा अप्राप्य-असाध्य पा लेने और साध लेने का अद्भुत अहसास उसे शिद्दत से होने लगा था।

वह सोचने लगा पुजारी के कमरे में जब वह पहली बार उससे मिलने गया था और अपनी अर्जी पर उसके जवाब का इंतजार करता कुछ देर असहज खड़ा रहा था तो उसे महसूस हुआ था कि वहां की नफासत, और राजसी ठाठ-बाट पर उसकी उपस्थिति एक भद्दे दाग की तरह चस्पां है। आज बाहर इन पहाड़ियों से उस कमरे की बेमेल संरचना और उसके पर्यावरण को देख कर उसे महसूस हुआ कि वह कितना गलत था। स्थिति बिलकुल उस सोच के उलट थी। उसे लगा आदिवासियों की दुनिया के भीतर वैभव और ऐश्वर्य की वह अश्लील नुमाइश उनकी दुनिया की नैसर्गिक अन्विति को किस तरह खंडित कर रही थी!

ऊपर आसमान से तारों की नीम रोशनी पेड़ों के पत्तों से छन कर उसकी खाट पर गिर रही थी। सामने कुछ ही दूर एक और भी आसमान था ठीक हरी झाड़ियों के झुरमुट पर झुका हुआ, टिमटिमाते जुगनुओं से पूरी तरह आच्छादित। और दूसरी तरफ, वहां ठाकुरबाड़ी के ही एक उजाड़ हिस्से में कैसी मुर्दनी सांस ले रही है! वहां के पर्यावरण में एक अजीब-सी वीरानगी और बेगानापन है।

उसने गौर किया पुजारी के कमरे में रोशनी है। कोई तेज रोशनी उसके कमरे में लगातार जलती रहती है, बंद शीशे में घुटती हुई सी... रोशनी की कुछ शहतीरें शीशे से बाहर निकल रात की मुलायम स्याही में रोशनी की सुरंग की तरह चुभ रही हैं।

पहाड़ियों पर आज उसकी यह पहली रात है। मन में कई तरह की आशंकाएं और कौतुक जन्म ले रहे हैं। उसके जीवन में बहुत कुछ पहली बार घटित हो रहा है। आज देर रात तक उसकी आंखों में नींद नहीं है। न जाने क्यों ऊपर आसमान में सप्तर्षियों को निहारते हुए अचानक अपने माता-पिता और पुरखों की याद ताजा

होने लगी है। काश इस दुनिया का उसे बहुत पहले से पता होता तो आज वे भी यहीं कहीं उसके आसपास ही होते। यही उनकी असली जगह होती। रोज-रोज मरने से तो बच जाते। और कितने खुश रहते! असमय उन्हें खो देने, कुछ न कर पाने का पश्चाताप उसके भीतर गहराने लगा है। सप्तऋषियों और तारों को तो उसने अपने शहर में उदास लम्हों में निहारा किया था, लेकिन उनसे कभी ऐसा आत्मीय संवाद संभव नहीं हुआ था। जब भी कोशिश की वे ही जैसे उससे कतरा कर ओझल हो जाते रहे। लेकिन आज यहां इन पहाड़ियों पर आखिर ऐसा क्या है कि वे जैसे उसकी खाट पर ही उतर आना चाहते हों! क्या वे सचमुच उतर आए हैं! अपने बाजू में उभरती एक छाया से अचानक वह चौंक कर उठ बैठा है, पीछे घूम कर देखा तो वह कोई छाया नहीं, उसके पीछे खड़ी माया थी।

"तुम डर तो नहीं गए?"

"डर तो सचमुच गया था।"

"ओह, मुझे ऐसे नहीं आना चाहिए था! मैंने तुम्हें दूर से देखा तो लगा तुम इतनी रात गए भी जाग रहे हो और तारों से बातें कर रहे हो... उनसे अपना कोई दुख बांट रहे हो... मुझे भी आसमान तकना और तारों से बातें करना बहुत अच्छा लगता है। मैं भी दिन भर जमा होती अपनी उदासियों के कुछ हिस्से तारों को सौंप देती रही, लेकिन अब नहीं... चाय पीओगे? तुम्हें वह चाय उस दिन बहुत अच्छी लगी थी न! अभी ले आऊं?"

ये बातें उसने इतनी सहजता से कह डाली थीं कि जैसे वह उसे वर्षों से जानती हो! वह अवाक उसे देखता रह गया। और सचमुच जड़ी-बूटियों वाली खुशबूदार उस चाय की याद कर रोमांचित हो उठा। इतनी रात गए भी उसे वह चाय पीने की तलब होने लगी। उसने हामी भर दी। और वह तेज कदमों से लौट गई। अंधेरे में चार-पांच बांस उत्तर की तरफ चलती हुई ओझल हो गई। कुछ ही देर में लेमनग्रास और अन्य किन्हीं जड़ी-बूटियों की वैसी ही तेज खुशबू हवा में तिरने लगी। पहाड़ियों पर प्रायः सब को पता हो गया कि सरकार के घर आज फिर खुशियां लौटी हैं। और रात के सन्नाटे में अचानक बापू की आवाज गूंजी,

"माया तुम चाय बना रही हो क्या? मैं भी जगा हूं, बल्कि खुशबू से जग गया हूं।"

"जी, बना रही हूं। लेकिन मैं तो जानती थी कि आप रात के भोजन के बाद चाय नहीं पीते।"

"ऐसा कोई नियम तो नहीं! बड़कू भी अबतक जगा है क्या? ओहह! माफ करना, मेरा मतलब निर्मल से था।"

"जी। फिर तो आपके लिए भी लाती हूं। आप भी वहीं चलेंगे या निर्मल को ही यहां बुला लूं?"

"कोई जरूरत नहीं, इतनी रात गए जो जहां है उसे वहीं रहने दो। हम तो देर रात परिंदों के घोंसलों तक भी नहीं फटकते, उनकी नींद में कभी खलल नहीं डालते..."

ये बातें वे नीम-बेहोशी में कर रहे थे या पूरे होश में, यह समझना मुश्किल था। लेकिन आज उनके स्वर और सुर में जरूर कुछ बेखुदी-सी थी। मुद्दतों बाद आज पहली बार माया के साथ उनका इतना सहज और स्वतःस्फूर्त संवाद संभव हुआ था। वरना उनके साथ अपने संवाद में वह 'हां-हूं-जी, जी-नहीं' के अलावा और कुछ नहीं कह पाती थी। कुछ असहज सवालों के जवाब में तो शब्दों के ऊपर सघन चुप्पियां भी चुन लेने की उसे आदत-सी पड़ गई थी।

इस बीच चाय की एक प्याली बापू के हाथ में थमा कर वह निर्मल की खाट की तरफ चली आ रही है, सख्त कंकरीली-पथरीली जमीन पर बिखरे सूखे पत्तों पर बहुत हौले-हौले पांव रखती हुई। वह नीचे पैर लटकाए इंतजार में खाट पर बैठ गया है। ऊपर आसमान का नीला रंग कहीं और गहरा होने लगा है। शहर के आसमान कितने मटमैले और बेजान दिखते हैं। नीले तो बिलकुल ही नहीं। ओह! कितनी मर्मांतक थीं वो यातनाएं जब जिंदगी हमें जीने का पल भर अवकाश नहीं देती थी, गर्मियों की रात में भी जब शहर में कहीं चांद-तारों भरा धवल आकाश नहीं होता था।

चाय की खुशबू अब बहुत निकट से आने लगी है। माया उसकी बाजू में आ कर बैठ गई है। उसके हाथ में इस बार चाय की बस एक अदद लंबी गिलास है, मिट्टी वाली, पतली और गहरी। उसे लगा वह खुशबू चाय से नहीं उसकी देह से रिस रही है।

"यह लो, पहले चाय पी लो।"

"और तुम्हारी?"

लड़के ने असमंजस में उसे देखा।

"तुम्हें क्या लगा यह सिर्फ तुम्हारी है? आज से हमारा या तुम्हारा नहीं, सब कुछ साझा है। यहां के जीवन की तरह..."

वह अपने प्रश्न की सपाट अबोधता पर झेंप-सा गया। इस पहली प्रत्यक्ष मुलाकात में ही वह उसे निःशस्त्र कर चुकी थी। गर्म भाप उठती चाय के गिलास को उसने नीचे मिट्टी के एक सपाट टुकड़े पर दो बड़े पत्थरों के बीच टिका दिया, और उसकी बाहों से लिपट कर लेट गई।

"तुम रो रही हो?"

"नहीं, ये खुशी के आंसू हैं। अपना रोना मैं छुपा सकती हूं, खुशियां नहीं। जानते हो क्यों हर आदमी को अपने हिस्से का दुख बहुत भारी जान पड़ता है?"

"क्यों?"

"क्योंकि उसकी खुशियां तो बंट जाती हैं लेकिन उसका दुख उसके पास पड़ा रह जाता है।"

"तब तुमने बापू के दुख क्यों नहीं बांट लिए माया?"

"ओह निर्मल!!! ...जो दुख उनके पास था वही दुख तो मेरे पास भी था, पहले से ही साझा, फिर वह बंटता कैसे... अच्छा छोड़ो एक बात पूछूं?"

"पूछो!"

"उस दिन तुमने ठाकुरबाड़ी के कुएं में स्नान किया था न?"

"हां, लेकिन क्यों... "

माया चुप रही। सुबह की उजास में निर्मल ने पहली बार माया का चेहरा ठीक से देखा। चेहरे पर उदासियों की जगह एक रहस्यमय शरारती मुस्कान तिर आई थी। बापू ने भी शायद ठीक ही कहा था, उसकी आंखों में एक निर्मल चमक थी, शायद पहले नहीं रही होगी।

वे उठ गए हैं। बापू के कमरे तक पहुंचे तो देखा वे दरवाजे पर ही एक खाट पर आराम से अभी तक सो रहे हैं। इतनी देर तक वे प्रायः सोते नहीं। माया ने देखा, चाय से भरी वह प्याली कमरे की मेज पर जस की तस पड़ी हुई है। जबकि उसे अच्छी तरह याद है रात में प्याली उसने बापू के हाथ में, उन्हें अध-नींद से जगा कर, थमाई थी। उसने आश्चर्य से निर्मल को देखा। और निर्मल ने मेज पर पड़ी चाय और बापू के चेहरे को...

"उन्हें चाय की नहीं, तुम्हारे साथ एक आत्मीय संवाद की तलब थी। जो शायद वर्षों से छूटा हुआ था। तुम्हारी सहज आत्मीयता आज उनके दिल में गहरे उतर रही थी। गौर करो आज उनके चेहरे पर कैसी आश्वस्ति और कांति विराज रही है।"

"ओहह! निर्मल... कहां से सीख ली तुमने किसी के मन में उतरने की यह अचूक कला?"

"जीवन से ही माया... इसी जीवन से तो।"

"इतना भी क्या जी लिया! उम्र में तो मुझसे भी छोटे ही हो!"

"इसीलिए तो दुख और खुशी के बारे में जो बातें तुमने कहीं, वो इतनी अनुभूत, इतनी अचूक और अकाट्य थीं।"

बापू की आंखें खुलीं तो देखा वे दोनों कमरे में बैठे बातें कर रहे हैं। पूछा,

"निर्मल तुम कब आए?"

"बापू मैं गया ही कब था? पहली बार जब इस कमरे में आया था तब से यहीं तो हूं।"

बापू की चिर-परिचित मुस्कान उनकी मूंछों पर आ कर फिर बैठ गई। प्रेम और इंकलाब की दुनिया को उन्होंने भी बहुत करीब से देखा था। शब्दों के निहितार्थ और संदर्भ को समझना कठिन नहीं था। उन्होंने माया को गौर से देखा। वह अपनी खुशियां छुपा नहीं पा रही थी। वे माया के व्यक्तित्व में आए इस जादुई बदलाव से अभिभूत थे। वे जो चाहते थे, बल्कि उससे भी कहीं अधिक, इतनी आसानी से और इतनी जल्दी घटित हो जाएगा इसकी उन्हें उम्मीद नहीं थी।

8

आज की रात थोड़ी अलग थी। सोते हुए वह अचानक उठ बैठी है। हौले से निर्मल को भी जगाया। जैसे कोई दुःस्वप्न से डर गई हो।

"क्या हुआ माया? तुम ठीक तो हो?"

"एक बात कहूं?"

"अरे, एक क्या जितनी भी चाहो... कोई बुरा सपना तो नहीं देखा?"

अंधेरे में उसने माया को गौर से देखा। उसके चेहरे पर फिर से एक उदासी किसी प्राचीन, अबूझ लिपि की तरह चस्पां थी। दोनों की नींद साथ-साथ उड़ कर ऊपर एक पेड़ की फुनगी पर जा बैठी, दूर से उन्हें निहारती हुई।

"निर्मल हम इस दुनिया में कोई बच्चा नहीं लाना चाहते। जानते हो क्यों?"

"क्यों?"

"मेरी बात का मजाक तो नहीं बनाओगे, हंसी में तो नहीं उड़ा दोगे?"

"अरे, बिलकुल नहीं!"

"बहुत दिनों, या वर्षों बाद ही सही एक मुठभेड़, एक संघर्ष होना तय है निर्मल। यह बात तुम मानते हो न कि इस इलाके पर वर्चस्व के लिए एक दिन फिर लड़ाई तो होगी। वे लोग यहां तक पहुंचने का कोई न कोई रास्ता जरूर तलाश लेंगे। और बाबूजी कितने दिन जिंदा रह पाएंगे। संगठन एक बार फिर सक्रिय होगा। उसका सरगना आखिर तुम ही तो होगे। हमारे बच्चे को भी एक दिन बड़कू की तरह बंधक बना लिया जाएगा, हम उनकी शर्तें मानने से तो रहे। तब फिर उसे भी..."

"मैं जानता हूं तुम इतनी कमजोर नहीं हो माया। ऐसा कुछ नहीं होगा। ठीक है हम बच्चा नहीं लाएंगे लेकिन इस कारण तो नहीं!..."

"और, दूसरे कारण भी हों तो?"

माया ने उसे बीच में ही टोका।

"तो फिर वह भी बता देना।"

और निर्मल ने अपनी बात जारी रखी,

"... और अगर संघर्ष हुआ ही तो भी कोई बात नहीं। हम लड़ेंगे, और इस बार तो तुम भी हमारे साथ हो। हम दोनों के पास प्रेम की विराट और उदात्त सत्ता होगी। कितनों के नसीब में होती है? निरंकुश विकास के खलनायकों के पास तो बिलकुल ही नहीं। हिटलरों और तानाशाहों ने यूं ही नहीं कर ली होंगी आत्महत्याएं!"

"तुम शायद ठीक कह रहे...यह हमारे प्रेम की ही ताकत थी निर्मल कि आज हमारा और बापू का साझा दुख भी बंट गया... जानते हो पहली बार जब तुम यहां आए थे, और चाय लेकर मैं कमरे में दाखिल हुई थी तो बापू के चेहरे पर मैंने पहली बार वैसी चमक देखी थी!"

"और यही बात तो उस दिन बापू ने तुम्हारे बारे में भी मुझसे कही थी। बता नहीं सकता कितना सुखद है यह सब सुनना..."

वे दोनों अचानक एक-दूसरे के आर-पार आकार लेते सुख के उर्वर इलाकों की सैर पर निकल पड़े थे। यह स्वप्न और यथार्थ के बीच तनी हुई रस्सी पर संतुलन बनाते, एक-दूसरे को थामते हुए चलने जैसा एक रोमांचकारी अनुभव था।

और वे नदी के किनारों और पहाड़ की पगडंडियों पर, पानियों पेड़ों परिंदों और बोलते पत्थरों-चट्टानों के बीच सैर करते हुए चुपचाप चलचित्र की तरह तेजी से बदलते तमाम दृश्यों से गुजरते रहे। साथ-साथ चलते हुए भी, बाज लम्हों में वे अपनी-अपनी दुनिया में कहीं अकेले भी छूट जाते रहे। और दृश्य के हर फ्रेम में नई स्फूर्ति के साथ अपने-अपने काम में लगे ढेर सारे लोग और भरी-पूरी एक दुनिया शामिल होती रही। और शामिल होती रहीं कई अनाम-अबूझ भाषाएं और लिपियां। और यह किसी चमत्कार से कम नहीं था कि वे समझ सकते थे उन सारी भाषाओं को जो गूंजती रहीं हवाओं में, और पढ़ सकते थे पहले से भी कहीं बेहतर उन अबूझ लिपियों को जो दर्ज होती रहीं गीली रेत और चट्टानों पर जबकि उनके किसी पाठ्यक्रम में नहीं थीं शामिल ये भाषाएं और लिपियां...

•

उनकी नींद पेड़ की फुनगी से फुदक कर नीचे अब उनके पास आने लगी थी। रात के इस पहर में अकसर हवा में एक खुनकी लौट आती है। लेकिन यह क्या! ठंडी हवा पर सवार एक हल्की फुहार कब उनकी बची-खुची नींद को भी धो कर गुजर गई उन्हें पता भी न चला। माया अचानक उठ बैठी है।

"जानते हो निर्मल पल-पल बदलता यह मौसम आज हमें जगाए क्यों रखना चाहता है?"

"क्यों?" निर्मल फटी आंखों से माया को देख रहा है।

"इसलिए कि हमारे बीच बहुत सारी बातें अधूरी रह गई हैं। मुझे छोटकू को लेकर बहुत चिंता होती है। जीवन में हम कितनी भी क्रांतियां कर लें। कितने ही दुर्दांत दुश्मनों पर फतह पा लें, अपने ही बच्चों के आगे कभी कमजोर भी पड़ जाते हैं, परास्त हो जाते हैं। तब हमारे पास पछतावों और प्रायश्चित के लिए भी अवकाश नहीं होता। बड़कू के जाने के बाद छोटकू को बापू ने इतना लाड़ दिया कि वह जहां था वहीं ठहर गया। वह कभी बड़ा ही नहीं हुआ। आत्मसंघर्ष के लिए जरूरी, जीवन की ऊष्मा से भरी आंच में कभी उसे तपने का अवसर ही नहीं मिला। उसके भीतर एक जिद्दी समय ठहर गया, एक ऋतु ठहर गई, उसके भविष्य की तमाम संभावनाओं को कुतरती हुई।

"पुजारी को इतनी छूट इसलिए दे दी गई कि वह अपनी जान पर खेल कर एक दिन छोटकू को दुश्मनों के खूनी पंजों से बाहर निकाल लाया था। लेकिन फिर वही आदमी गांजे और अफीम की लत लगाकर तिल-तिल उसे मारता भी तो रहा!

"अपने इरादों से स्खलित हो चुके ऐसे अहसान के बोझ से जहां मुक्त हो जाना था बापू जीवन भर उसका ब्याज चुकाते रहे। यह आखिर कैसी विवशता थी! ऐसी कुछ गुत्थियां मेरी समझ के बाहर हैं निर्मल।

"एक समय तो बापू ने यह भी चाहा कि मैं छोटकू के साथ अपनी जिंदगी गुजार दूं। उन्होंने मुझसे ऐसा कुछ कभी कहा नहीं। हर बात कही कहां जाती है, लेकिन समझ तो ली जाती है। मैं ऐसा नहीं कर सकती थी, उसे छोटे भाई का मान और प्यार दिया था... फिर उसके साथ मेरे रिश्ते में, मन-प्रांतर के किसी अबूझ कोने में भी, रती भर प्रेम की वह अपराजेय टिमटिमाती लौ नहीं थी जो किसी को अपना जीवन किसी के साथ गुजारने को मजबूर कर दे... तुम्हारी बात कुछ और थी, यह बेबसी, यह दीवानगी तुम्हारे साथ शुरू से ही महसूस करती रही... व्यक्तिगत जीवन में इतनी भी क्रांति नहीं कर लेनी थी कि रिश्तों की सारी मर्यादाएं और वर्जनाएं टूट-बिखर जाएं और अंततः सब कुछ छोड़ कर हम एक दिन खुद को बेबस और निरीह अपने ही विरुद्ध खड़े पाएं।"

फुहारें तेज हो गई हैं। माया ने अचानक उसे शिद्दत से अपनी बाहों में भींच लिया है। निर्मल ने यहां के मौसम को आज पहली बार इस तरह अचानक बदलते देखा है। पेड़ों की हरी पत्तियों पर फुहार की नन्हीं बून्दें नीम रोशनी में चमक उठी थीं। जिनकी छवियां वह बाहर किसी पेड़ पर नहीं, अपने चेहरे पर झुकी माया की बड़ी-बड़ी विस्फारित आंखों में देख रहा था।

एक-दूसरे के मन की यात्राएं तो दोनों ने साथ-साथ इसके पहले भी कितनी ही बार की होंगी। आज पहली बार वे मन की गुफाओं से बाहर निकल अपनी ही देह की

अजानी-अबूझ सत्ता से टकरा रहे थे। उनके भीतर और बाहर देह आज पहली बार घटित होने लगी थी। यह अपने भीतर ही बहती उफनती, उद्दाम किसी पहाड़ी नदी को दूर से देखना भर नहीं था, उसके आमंत्रण और चुनौतियों को स्वीकार कर लेना था। बिना किसी पूर्व तैयारी के उसके भीतर प्रवेश कर जाना था। मन के अबतक अबूझ तटों से टकराती उसकी लहरों की निर्बंध सत्ता से इकसार हो जाना था। यहां संघर्ष नहीं, आत्मसमर्पण कर देना था।

रात कब चुपके से निकल गई उन्हें पता ही नहीं चला। नींद खुली तो देखा सुबह की हल्की उजास उनके सामने और चारों तरफ पसर रही है। बाजू में धीरे बहती नदी, और किनारे पत्थरों पर गिरते पानी की जुगलबंदी में कोई धुन संगीत की तरह बज रही थी। उसके लिए यह महसूस करना किसी चमत्कार से कम नहीं था कि रात में यहां सोया तो वही था लेकिन सुबह जो उठा है वह कोई और था।

"माया सामने पेड़ पर कुछ देख रही हो?" उसने उत्साहित होकर पूछा।

"क्या?"

"घोंसले में पल रही किसी चिड़िया की शायद यह पहली उड़ान है। जरा उसके पंखों की मुलायम फड़फड़ाहट तो सुनो। और सुनो घोंसले के बाहर पास बैठी उस मां की आतुर पुकारें जिनमें नए पंखों पर भरोसा और पहली परवाज़ की चुनौतियों की आहटें भी शामिल हैं। ओहह! ये कितने अद्भुत, सुखद और मार्मिक दृश्य हैं माया। पढ़ाई के लिए जब मैं पहली बार शहर से बाहर जा रहा था तो मेरी मां की आंखों और चेहरे पर भी कुछ ऐसी ही उम्मीदों से भरी विकलता थी। पता नहीं मुझे दुनिया की हर मां का चेहरा एक-सा क्यों दिखता है... वह मां चाहे कोई चिड़िया ही क्यों न हो।

"तुमने तो यहां रहते हुए जीवन से सरशार ये नैसर्गिक दृश्य और संगीत की ऐसी जुगलबंदियां पहले भी देखी-सुनी होंगी। मैं पहली बार यह सब देख कर अचंभित हूं। यही सोचता हूं... आज यहां न होता तो मेरा जीवन कितना खाली, कितना विपन्न रह जाता!"

"देखा-सुना तो पहले भी था निर्मल लेकिन आज इन्हें बाहर से कहीं अधिक तुम्हारे भीतर घटित होते देख रही हूं। और इस बहाने अपने भीतर भी। और यह भी देख रही हूं कि तुम अकथ्य और अबूझ को भी कितना जीवंत और संप्रेष्य बना दे सकते हो! कि देखने के लिए केवल आंखें ही नहीं, एक खास दृष्टि भी चाहिए जो बाहर से कहीं अधिक अपने ही भीतर खुलती हो।"

"जानती हो बापू क्या कह रहे थे?"

"क्या?"

"यही कि उन्हें लगता है कि वे मुझे अपने युवा-संघर्ष के दिनों से ही जानते हैं। और यह भी कि हमारे प्रेम में उनकी उम्र की मियाद तवील हो गई है। और वे दस-बीस वर्ष और आराम से जी लेंगे।"

"सच! ऐसा कहा बापू ने? युवा-संघर्ष के दिनों से? लेकिन ऐसा कैसे संभव है?"

माया के उत्फुल्ल-ऊर्जस्वित चेहरे और आंखों से कोई आश्चर्य नहीं, एक अटूट भरोसा, सुख और भविष्य के प्रति गहरी आश्वस्ति झांक रही थी।

"माया तुमने निर्मल को कभी पढ़ा है?"

"अरे उसे पढ़ना क्या, उसे तो हर पल अपने भीतर महसूस कर रही हूं, जी रही हूं!"

"अरे, मैं उस निर्मल की बात कर रहा, मन के उस अचूक जादूगर कथा-शिल्पी की, जिसने कहीं अपने किसी किरदार के हवाले से कहा था, कि इस दुनिया में कितनी ही दुनियाएं खाली पड़ी रहती हैं, जबकि लोग गलत जगह पर रहकर सारी जिंदगी गंवा देते हैं।"

"उन लोगों में हम तो नहीं..."

"यही तो मैं तुम्हें बताना चाहता था माया। पहले मुझे लगा था कि अपने घर से इतनी दूर निर्जन और बीहड़ पथरीले रास्तों से गुजरता आखिर मैं कहां भटक गया हूं। मैं कितना गलत था। तब मुझे कहां पता था कि मैं तो अपनी सही जगह, अपने ही घर लौट रहा था।"

9

निर्मल को अपनी तरफ आते देख आज तुलसी बहुत खुश है। आते ही उसने उसके कंधे पर हाथ रखते हुए उससे कहा है, मां को तुम्हारा संदेश मिल गया था तुलसी। वो बहुत खुश हैं। तुलसी ने मुंह बनाते हुए खुद से कहा, वह आपसे झूठ बोली होगी।

"तुलसी तुम खुद जा कर मां से मिल क्यों नहीं लेते?"

"साहब एक पल के लिए भी नहीं छोड़ते। मां ही कभी-कभी आ जाती है मेरी पसंद की कुछ चीजों के साथ। गुड़ में बनी महुआ वाली खीर या हरी पत्तियों की भाजी।"

"अरे महुआ वाली खीर तो मैंने कभी नहीं खाई, मुझे भी खिलाओगे?"

"आप खाएंगे? आपको भी बहुत पसंद आएगी।"

"अच्छा अब बताओ, साहब क्या कर रहे हैं?"

"वो तो कब से आपका ही इंतजार कर रहे। बोल रहे थे अबतक आया नहीं, तुमने तो कहा था कि वह मुझसे मिलेगा। आप जल्दी चले जाइए, नहीं तो मुझ पर ही गुस्सा होंगे।"

पुजारी के कक्ष के बाहर खड़ा उसने दरवाजे पर एक हल्की सी दस्तक दी है।

"अंदर आओ निर्मल, मैं कई दिनों से तुम्हारा ही तो इंतजार कर रहा हूं।"

भीतर से जो आवाज आई उसमें एक अजीब-सा तिलिस्म था। परित्यक्त खंडहरों में गूंजती-भटकती आवाज की तरह मायावी।

पुजारी वैसे ही कुर्सी पर बैठा मिला, बिल्कुल वैसे ही जैसे उसे पहली बार देखा था। उसकी दाहिनी बाजू में राजसी पलंग पर कोई बेसुध पड़ा था। गौर से देखा तो वह छोटकू था। उसे छोटकू के बारे में माया की कही बातें, उसकी चिंताएं कौंध गईं। आज पहले दिन की तरह वह कुर्सियों के बीच खड़ा नहीं रहा। उसके सामने एक कुर्सी पर जाकर पूरे आत्मविश्वास के साथ बैठ गया है।

"इतने दिन कहां रहे निर्मल? तुम्हें यहां आ कर अपनी नियुक्ति की प्रक्रिया तो पहले पूरी कर लेनी थी!"

"क्या करता सा'ब, सरकार ने छुट्टी ही नहीं दी।"

"हां, उनके साथ अकसर तुम्हारा उठना बैठना मैं भी देख रहा हूं। मेरे बारे में सरकार क्या बोल रहे थे?"

"यही कि आप बाहर से बहुत सख्त हैं, लेकिन भीतर उतने ही नाजुक और मुलायम, पानी की तरह तरल..."

"क्या सच में... सरकार ने ऐसा कहा? तुम कहीं कहानियां तो नहीं बना रहे?" पुजारी ने खुशी और आश्चर्य में उसे देखते हुए पूछा।

निर्मल को याद आया, पहली बार भी पुजारी ने उससे ऐसा ही सवाल किया था जब वह यहीं उसके सामने थका-हारा इन्हीं कुर्सियों के बीच खड़ा, अपने देर से पहुंचने की सच्चाई का बयान पेश कर रहा था। उस दिन तो उसने उसकी ईमानदार अर्जी को कहानी कह कर नकार दिया था। लेकिन आज तो पुजारी को मेरी कहानियों पर ही विश्वास करना होगा।

"कहानियां तो साहब मैं उस दिन भी नहीं बना रहा था..."

"मुझे अफसोस है, उस दिन मैं तुम्हारे साथ बहुत सख्ती से पेश आया था। तुम अबतक नाराज हो?"

"नहीं, अब नहीं। पहाड़ी झरनों और बारिश की फुहारों में नहाते हुए सब धुल गया।"

"तुमने तो पहाड़ियों पर ही रहने की जगह भी चुन ली! तुम्हें अकेले डर नहीं लगता?"

"हां, डर तो बहुत लगता है।"

"मैं तो सरकार के बुलाने पर जब भी वहां गया हूं, बहुत बुरे अनुभव हुए हैं। जंगलों में उनके साथ टहलते हुए प्रतीत होता कि जैसे तेज हवा के साथ खूंखार जानवरों के पंजे मेरी तरफ बढ़े चले आ रहे हैं। मेरे सिर के कुछ ही ऊपर आसमान में गिद्ध और बाज मंडराने लगे हैं। चारों तरफ शोर है, नदियों का शोर, पत्थरों पर गिरते पानी का शोर, घाटियों और चट्टानों से टकराती बदहवास बहती हवा का शोर... एक रात भी वहां रुकना पड़ जाए तो मेरा तो दम घुट जाए।"

वह एक अनुशासित और भरोसेमंद मुलाजिम, एक धीर-गंभीर प्रेक्षक की तरह पुजारी को केवल देखता-सुनता रहा।

"खेतों की पतली पगडंडियों से गुजरते कहीं सांप और बिच्छू निकल आए... या पहाड़ियों पर चढ़ते हुए अगर कोई फिसल जाए तो फिर वह नीचे घाटियों में ही नजर आए, पता नहीं किस हाल में! मैं तुम्हें डरा नहीं रहा, लेकिन सावधान रहना। अभी पूरी जिंदगी है जीने के लिए। सरकार तो अब गए कि तब इसलिए उनकी क्या

चिंता, जैसे रहें जहां रहें। लेकिन तुम्हें तो अपना भविष्य देखना होगा।"

पुजारी को अपने सामने इस तरह खुलते हुए देख, निर्मल ने सोचा कि उसे और खोलने के लिए जरूरी है कि उसकी हर बात से सहमत हो लिया जाए। उसने कहा,

"आप सही कह रहे। मुझे भी अकसर ऐसा महसूस होता है।"

"फिर तो तुम्हारे पास विकल्प भी था! मेरी तरह सुख-सुविधाओं से सुसज्जित किसी बंद कमरे में आराम से सुरक्षित रह लेते। शहर से आए हो, पढ़े-लिखे हो... लेकिन नहीं, तुम्हें तो सरकार को दिखाना था कि कितने बहादुर हो, उनकी निष्ठाओं और सपनों के प्रति कितने वफादार हो। उनके मरहूम बेटे का हू-ब-हू शक्ल उठाए शहर से सीधे यहां चले आए, भावनाओं के किसी असंदिग्ध सौदागर की तरह। और सरकार ने तुम्हें सीधे गले लगा लिया, जैसे अपना खोया हुआ बेटा ही वापस पा लिया हो... तुम्हें उस दिन मैंने पगडंडियों से चल कर पहाड़ियों पर चढ़ते हुए देखा था। यहीं से, इसी कुर्सी पर बैठे हुए, खिड़कियों के उस पार पहाड़ियों पर तुम्हारा इंतजार करते हुए सरकार की निपट बेचारगी देखी थी, और तुम्हारी खुशी और उत्साह भी। और वह पहाड़ियों के नीचे तुमसे इतना हुलस कर जो मिली थी वह माया ही थी न? उसे पहली बार अपने कमरे से बाहर इतनी खुश देख कर तो मैं दंग ही रह गया था। उसे क्या लगा उसका बड़कू उसे मिल गया! हाऊ एब्सर्ड! हाऊ अन-रीयल! कैसी अतार्किक वायवीय और मुगालतों से भरी दुनिया में लोग आज भी जी रहे! खतरनाक विडंबनाओं से भरी हुई आभासी दुनिया में... और यह कोई सुनी-सुनाई बात नहीं है, तब तो शायद मुझे विश्वास भी नहीं होता। यह दूरबीन देखो, सरकार की दूरबीन से भी कहीं दुगनी ताकतवर।"

निर्मल ने देखा उसकी कुर्सी के पीछे खिड़की के एक कोने में त्रिपाद पर एक बड़ी सी दूरबीन काले कपड़े से ढंकी-पुती खड़ी है, स्टूडियो में रखे किसी प्राचीन कैमरे की तरह।

"जब मैं एक आई ए एस प्रशिक्षु था तो मुझे वहां लोक-संपर्क और व्यवहार की कुछ गोपन नीतियों के बारे में भी बताया गया था। बताया गया था कि सीधे किसी पर भरोसा मत कर लेना, उसे असहज कर देने की सीमा तक उससे प्रश्न करना, फिर उसका असली चेहरा तुम्हारे सामने होगा।

"जरा सोचो एक आदमी की जिद और सनक में एक साथ कितने लोगों की जिंदगी तबाह हो गई... तुम कितने लोगों की भरपाई कर पाओगे? पत्नी असहाय मृतप्राय एक कमरे में पड़ी बिसूर रही हैं। और माया ने, जो खुद अपना साथी खो देने से दुखी है, उनकी सेवा में अपना जीवन होम कर रखा है। और उधर आदिवासियों का जीवन भी कौन सा खुशहाल है! वही घिसी-पिटी आदिम लोक पर

रेंगती-घिसटती हुई जिंदगी। इन सब से निरासक्त, पूरी दुनिया से बेखबर, देखो यहां उन्हीं का छोटकू कितने आराम से अपनी दुनिया में मुब्तला है!

"मैं जब इस जिले का कलक्टर बन कर आऊंगा, तो सीधे आदिवासियों से संवाद करूंगा, उन्हें आधुनिक सुख-सुविधाओं में जीने की कला सिखाऊंगा, बेहतर जीवन का रास्ता दिखाऊंगा... इस पद पर मेरी प्रोन्नति की फाइल अभी विचाराधीन है। चाहो तो तुम भी मेरे निजी सहायक के पद पर ऐश-ओ-आराम से मेरे ही साथ रह लेना। जिंदगी संवर जाएगी।

"तुम तो खुद ही बहुत समझदार और पढ़े-लिखे हो। जानता हूं बहुत सोच-समझ कर कोई निर्णय लोगे। शेक्सपीयर ने इस दुनिया को एक रंगमंच के रूप में देखा था। और हमें किरदार के रूप में अपनी भूमिका निभाते हुए। कितना अच्छा लगता है यह सब सोच कर! लेकिन वास्तविक जीवन और नाटक में बहुत फर्क है। वास्तविक जीवन के किरदारों की त्रासदी यह है कि जीवन के बेहद नाजुक क्षणों में भी उनके पास अपनी भूमिका बेहतर निभाने के लिए शो के पहले किसी रिहर्सल का अवकाश नहीं होता। और न ही कोई रीटेक संभव होता। अभी भी वक्त है, सोच लो। अगर नहीं तो इस बार कलक्टर का पद संभालते ही मेरा सामना सरकार से नहीं, सीधे तुमसे होगा।

अंतिम बात उसने कुछ अतिरिक्त गंभीरता ओढ़ कर कही थी, कि उसकी प्रामाणिकता पर मुझे कोई संदेह न हो।

"और हां, यह फाइल लेते जाना। कब से यहां पड़ी है, तुम्हारे इंतजार में। इस पर सरकार के हस्ताक्षर करा लेना..."

पुजारी ने अपनी मेज पर रखी एक संचिका उसे खोल कर दिखाई जिसमें एक टिप्पणी में लिखा था 'निर्मल पारिजात को प्रजापति पुजारी के निजी सहायक पद पर तत्काल नियुक्त करने का आदेश अपेक्षित है।' निर्मल ने फाइल अपने पास रख ली और जाने की इजाजत मांगी। तमाम तैयारियों और एहतियातों के बावजूद पुजारी की बातों और दलीलों से उसका सिर चकरा गया था, उसके भीतर कहीं कुछ गड्डमड्ड होने लगा था। पुजारी की आवाज और भंगिमा में एक अजीब सम्मोहिनी शक्ति थी। वह उसकी जद से बाहर निकलना चाहता था। कुछ देर आराम करना चाहता था। फिर मिलने का वादा कर उसने अब जाने की इजाजत मांगी है।

"सरकार के हस्ताक्षर करा कर जल्दी ले आना, तुम्हारे ही हित में है।"

पुजारी ने उसे जाते देख एक बार फिर टोका है।

"ले आऊंगा साहब, आप निश्चिंत रहें।"

कहते हुए वह तेज कदमों से बाहर खुली हवा में राहत की सांस लेने ढाबों की तरफ बढ़ गया है। और वहीं उस खाट पर निढाल पड़ गया है जिस खाट पर वह यहां आराम से पहली बार सोया था, पेड़ों की स्नेहिल छांव में एक सुकून भरी रात।

बहुत देर हो चुकी है। दोपहर के खाने पर वहां माया और बापू पहाड़ियों पर उसका कब से इंतजार कर रहे होंगे, और उसके पास अब यहां से चल कर पहाड़ियों तक जाने की हिम्मत नहीं रही। कुछ देर तक उसके भीतर चली भयावह उथल-पुथल के बाद वह बेसुध पड़ गया है। और बेसुधी में ही उसने अचानक माया को आवाज दी है... और जो आवाज इतनी कमजोर और मुलायम थी कि आसपास के लोगों तक भी नहीं पहुंच सकी होगी, सुदूर पहाड़ियों तक तिरती सरकती चली आई है। और पहले से आशंकित माया की बेचैनियां बढ़ा दी है।

"बापू, मैं आती हूं। अभी-अभी मैंने निर्मल की पुकार सुनी है, वह शायद किसी संकट में है।"

"अरे, मैं भी चलता हूं। तुमने तो इन पगडंडियों पर कभी अपने पांव तक नहीं रखे हैं।"

"नहीं बापू, आप यहीं आराम करो, अभी मैं अकेली ही जाऊंगी।"

माया के स्वर में एक अलौकिक आत्मविश्वास की खनक थी। बापू अवश हो कर आश्चर्य और गर्व से उसे ढलान से उतरते देखने लगे हैं।

•

उधर पुजारी अपनी कुर्सी पीछे खिड़कियों की तरफ घुमाए अपनी दूरबीन से खेतों की पगडंडियां और पहाड़ियों पर बहुत देर से अपनी नजर जमाए हुए था। वह निर्मल को उन रास्तों से पहाड़ियों तक जाते हुए देखना चाहता था, उस पर अपनी बातों का असर उसकी चाल और हाव-भाव से परखना चाहता था। लेकिन निर्मल का कहीं अता-पता नहीं था। निराश जब वह अपनी कुर्सी मेज की तरफ घुमाने लगा तो अचानक उसे लगा कि पहाड़ियों से कोई उतर रहा है। उसने एक बार फिर दूरबीन संभाल ली और गौर से देखा। वह माया थी। अब वह सीधे खेतों की पगडंडियों से चल कर इधर ही आ रही है। उसके लंबे काले केश हवा में लहरा रहे हैं। सूरज उसकी देह को अपने सुरक्षा-वलय में लिए हुए एक आभामंडल का निर्माण कर चमक रहा है, और वह पगडंडियों पर गिरती अपनी ही छाया का पीछा करती तेज कदमों से आगे बढ़ रही है। अचानक बादल का कोई टुकड़ा पगडंडियों पर हल्की छांव बिछा गया है, जबकि उनकी दोनों तरफ कमर तक उठती गेहूं की तंबई बालियां धूप में वैसे ही चमक रही हैं। और वह इन सब से पूरी तरह बेखबर अपने भीतर किन्हीं झंझावातों से निपटती हुई बस आगे बढ़ रही है।

बापू ने भी अब अपनी दूरबीन संभाल ली है। उनके लिए पगडंडियों के पर्यावरण में अचानक आया यह परिवर्तन कोई आश्चर्य नहीं है। एक सामान्य-सी घटना है जो उनके साथ अकसर घटित होती रही है। लेकिन आज माया के साथ यह सब हो रहा है तो उसके इरादों और संकल्प में जरूर कोई बात है। इरादों-दुआओं में अगर रूहानी कशिश और शिद्दत हो तो पूरी कायनात तुम्हारा साथ देती है...

और यह सिर्फ पुजारी के लिए ही नहीं, खेतों में काम कर रहे बस्ती के लोगों के लिए भी एक हैरतअंगेज घटना थी। अभूतपूर्व। लेकिन जिन लोगों ने भी इस दृश्य को देखा उनके मन के भीतर कितने अलग-अलग रूपों में घटित हो रही थीं इसकी व्यंजनाएं...

बापू ने इसे किसी भी संघर्ष में विकट चुनौतियों का सामना करने को तैयार होती एक स्त्री के दृढ़तर होते संकल्प और आत्मविश्वास को देखा, सच्चे प्रेम में प्रस्फुटित होती शक्तियों की असीम संभावनाएं और उनकी अलौकिक व्याप्तियां देखीं...

पुजारी ने इस दृश्य में एक स्त्री का भयावह और विकराल रूप देखा, अपनी ही ओर बढ़ते किसी खूंखार जानवर के खूनी पंजे देखे... सुरक्षित बंद कमरे में भी अपने सिर पर मंडराते गिद्ध और बाज देखे...

और बस्ती के लोगों ने इस दृश्य में अपनी ही शक्तियों को साक्षात अपनी आराध्य देवी, भैरवी में अवतरित होते देखा... अपने संकटों या खतरों से लड़ने-भिड़ने को तैयार हरसू व्यापती अपने ही जीवन की दिव्य छवियां देखीं।

10

माया यहां पहुंच कर तुलसी की तरफ बढ़ रही है। उसे अपनी ओर आते देख वह सहम गया है, सावधान की मुद्रा में खड़ा अपनी भारी वर्दी के भीतर डोलने लगा है।

"तुमने निर्मल को कहीं देखा है तुलसी?"

"जी, देखा है। उन्हें बहुत पहले साहब के कमरे से निकल कर बाहर ढाबों की तरफ जाते देखा था..."

माया उलटे पांव लौट गई है।

पुजारी की घंटी सुनकर गार्ड अंदर जा कर खड़ा हो गया है।

"मेरे कमरे में अभी-अभी कौन आया था? कौन आया था अभी इस कमरे में जहां कोई चिड़िया तक पर नहीं मार सकती? मैंने अभी-अभी अपनी कुर्सी के आसपास किसी के भारी कदमों की पदचाप सुनी है। तुम्हें रखा किसलिए गया है? जाओ, अपनी जगह से हिलना भी नहीं।"

भारी तनाव और गुस्से में पुजारी का चेहरा आज भयावह दिख रहा था। उसके स्वर और हाव-भाव में एक अजीब-सी वहशत थी। साहब को आज हो क्या गया है! तुलसी के भोले चेहरे पर भी चिंता की रेखाएं उभर आई हैं। वह अपनी जगह पर लौट आया है। साहब के कमरे में तो वो गई भी नहीं थीं। वो तो मुझसे ही मिलकर लौट गईं। फिर साहब को ऐसा क्यों लगा! तुलसी यह सोच कर हैरान है।

•

माया ने देखा निर्मल एक खाट पर बेसुध पड़ा है।

"क्या हुआ निर्मल? तुम ठीक तो हो?"

माया ने निस्पंद पड़ी निर्मल की देह को जोर से हिलाया है।

"हमारी दुनिया हमसे कोई छीन लेना चाहता है... इसे बचा लो माया..."

माया को यह आवाज कहीं बहुत दूर से आती सुनाई पड़ रही है।

"मैं जानती हूं तुम इतने कमजोर नहीं हो निर्मल। यह आवाज तुम्हारी नहीं हो सकती।"

"ओहह! तुम कब आई माया?"

निर्मल की आंखे खुल गई हैं। और माया को सामने पा कर वह चकित उठ बैठा है।

"अभी तुम किस आवाज की बात कर रही थी माया? मैंने कुछ कहा था क्या?"

"नहीं, तुमने नहीं..."

11

बापू के साथ आज की बैठक कुछ खास है। पहले की तरह निर्मल आज बापू की बातें सुनने से कहीं अधिक, अपनी बातें उनसे कहने आया है। और माया भी आज इस बातचीत में शामिल है। और दोनों के चेहरे आत्मविश्वास और आश्वस्तियों की आभा से दीप्त हैं। आज निर्मल के झोले में उसकी डिग्रियां या शैक्षणिक हासिलों के कागजात नहीं, नए अनुभवों की ढेर सारी छोटी-छोटी पोटलियां हैं। एक-एक पोटली को खोल कर वह बापू के सामने रख देना चाहता है कि देखो, इतने कम समय में भी कितना कुछ मैंने पा लिया। पुजारी को लेकर बापू के मन में जो डर और आशंकाएं थीं, और इस बाबत जो जोखिम भरा काम उन्होंने उसे सौंपा था, उसकी कुछ अचूक निष्पत्तियां भी उनके सामने खोल कर रख देना चाहता है। अपने निष्कर्षों से उन्हें चकित कर देना चाहता है। और इन सब से जुड़े उसके मन में बहुत सारे सवाल भी हैं जो वह अबतक उनसे पूछने की हिम्मत नहीं कर पाया था। बापू के किरदार के उजले पक्ष से अबतक वह इतना चमत्कृत रहा कि उनके जीवन के कुछ स्याह, कुछ अबूझ अंतर्द्वंद्वों, कमजोरियों और गुत्थियों के बारे में तब जाना जब उनके बारे में माया ने उसे कुछ संकेत दिए, और उन्हें लेकर अपनी चिंताएं उससे साझा कीं।

"कैसे हो निर्मल? माया ने बताया था कि उस दिन पुजारी ने तुम्हें अपने प्रभाव में लेने की पूरी कोशिश की थी। और कुछ देर तुम उसकी सम्मोहिनी-शक्ति की जद में भी आ गए थे। चूक मेरी भी थी, मुझे अफसोस है, तुम्हें पहले से आगाह कर देना चाहिए था।"

बापू कमरे में आ कर अपनी खाट के पास खड़े हो गए हैं।

"तो आपको इस बारे में पहले से पता था?"

"हां। पता था भी और शायद नहीं भी!"

"ओह! कोई बात नहीं बापू, लेकिन मैं पहले से जान रहा होता तो मेरा काम शायद कुछ आसान हो जाता। खैर, मुझे एक बात जो हमेशा परेशान करती रही है,

यहां पहले दिन कदम रखने के बाद से ही, कि आपने पुजारी को अपनी मर्जी से जीने की वैसी निरंकुश आजादी किन परिस्थितियों में दे दी जो आपके सपनों की दुनिया के ही विरुद्ध खड़ी थी। क्या आपको ऐसा कभी महसूस नहीं हुआ होगा?"

"हुआ था निर्मल, लेकिन तबतक बहुत देर हो चुकी थी। कुछ और भी मजबूरियां थीं। बताऊंगा कभी। जरूर बताऊंगा तुम्हें, तुम अब यह सब जानने-समझने लायक हो गए हो। या शायद मैं ही अब यह सब तुम्हें बताने लायक हो गया हूं!"

"ओहह! ... वैसे माया ने मुझे आपकी उन मजबूरियों के बारे में कुछ संकेत जरूर दिया है। लेकिन उन्हें लेकर मेरी जिज्ञासाएं अभी खत्म नहीं हुई हैं।"

"यह तुम दोनों की बड़ी खुशनसीबी है निर्मल कि माया को तुम्हारे जैसा साथी मिल गया और तुम्हें माया जैसी। तुम दोनों जैसे नसीब का एक टुकड़ा भी अगर मेरे जीवन-संघर्ष का हिस्सा होता तो मैं इस उम्र तक तो पूरी दुनिया जीत चुका होता। इस छोटी-सी दुनिया से ही संतोष कर लेने की मजबूरी तो नहीं ही होती!"

कहते हुए बापू अपनी जगह से हिले हैं और उठकर धीरे-धीरे बाहर निकल गए हैं खुली हवा में। लेकिन आज सुबह से ही पहाड़ियों पर हवा के साथ कुछ फुहारें भी बरस रही हैं। कितना आसान हो जाता है फुहारों में गीली आंखों को छुपा लेना! कंधे पर लटक रहे अपने अंगोछे से अपना चेहरा और आंखें पोछ कर वे फिर अंदर आ रहे हैं। उनके चेहरे पर खुशी और गम के मिले-जुले भीगे-भीगे से कुछ अहसास हैं। आंखों में स्वप्न और यथार्थ के बीच की गहरी खाई-सी भी कुछ है। और उस खाई से बाहर निकल आने की कोशिश में उभर आईं खरोंचों के रक्तिम निशान भी।

बाहर हवा की रफ्तार तेज हो गई है और बारिश की फुहारें अब कमरे के अंदर भी बेरोक-टोक दाखिल होने लगी हैं।

"दरवाजे-खिड़कियां बंद कर देती हूं बापू। आपको परेशानी होती है।"

कहती हुई माया खिड़कियों की तरफ जाने लगी है।

"मत रोको, आने दो इन्हें। दस मिनट में लौट जाएंगी। बिन-मौसम पहाड़ी बारिशों की यही मियाद है। अगर मौसम खराब ही हो जाए तो अलग बात है। लेकिन निर्मल तुम्हें इससे कोई परेशानी तो नहीं? बाहर की आवाजें सुन तुम डर तो नहीं रहे?"

खाट पर पड़ी एक पतली चादर अपने शरीर पर डालते हुए बापू ने निर्मल को अचानक खामोश देख कर पूछा है।

"जी? मुझे? नहीं तो! मुझे तो ऐसी फुहारें बहुत अच्छी लगती हैं।"

निर्मल हकबका-सा गया है। उसका ध्यान दूर चट्टानों पर गिरती बारिश की तेज आवाजों पर था। पिछले दिनों की तरह आज बाहर पत्थरों पर गिरते पानी, घाटियों से बदहवास टकराती हवा से किसी संगीत की धुन नहीं, एक भयावह शोर उठ रहा था। और उसे पुजारी की बातों का स्मरण हो आया था।

दस मिनट कब के बीत चुके हैं। पहाड़ियों और घाटियों में बिगड़ा हुआ यह मौसम ठहर गया है। जाने का नाम ही नहीं।

माया जो अबतक खिड़कियों के आसपास खड़ी बाहर देख रही थी, मुड़ कर अंदर के कमरे में चली गई है। खाट पर निस्पंद पड़ी देह को ऊपर से नीचे तक गौर से निहारा है, फिर उसने एक चादर उनके शरीर पर डाल दी है। खिड़कियों के ऊपर रॉल की हुई चिक की लटकती डोर को खींचा है। चिक खुल कर नीचे तक सरक आई है। डोर को मजबूती से नीचे बांध दिया है और रसोईघर में चली आई है। रसोई की जमीन पर चार-पांच चूल्हे एक कतार में खड़े हैं। किसी न किसी चूल्हे की आग मुसलसल सुलगती रहती है। कुछ दूर हट कर तांबे और मिट्टी के कुछ बर्तन, पीतल के पतीले और कुछ हंडियां अन्य कुछ सामग्री के बीच रखी हैं। एक बर्तन के पानी में बांस की कुछ कोमल कोंपलें रखी हैं। और हरे बांस के एक मोटे, लंबे-से बेलनाकार टुकड़े के भीतर धीमी आंच पर कुछ पक रहा है। माया ने उसे उलट-पलट कर देखा है और रसोई से ही एक दूसरे दरवाजे में प्रवेश कर गई है। यह माया और निर्मल का कमरा है जिसका दरवाजा बाहर भी खुलता है। बारिश की शांत फुहारें अब भी गिर रही हैं। बाहर माया ने देखा बारिश में भीगती हुई तुलसी की मां शायद उनसे ही मिलने चली आ रही हैं। माया रसोईघर होते हुए वापस बाहर कमरे में लौट आई है।

"अरे! बेटी तुम तो पूरा भीग गई हो। किधर से आ रही हो?" बापू ने उसे देखते ही टोका है।

"तुलसी से मिलने गई थी बापू। उसे उसकी खीर पहुंचाने। बाबू के लिए भी ले आई हूं, कह रहा था कि उन्हें भी जरूर खिलाना। माया इसे रख लो, आज सिर्फ बाबू के लिए लाई हूं।"

अपने झोले से एक डब्बा निकाल कर उसने माया के हाथ में थमा दिया है। माया मुस्कुरा दी है। उसे अंदर चल कर बैठने को कहा है,

"अरे इस तूफान के थमने का इंतजार तो कर लेतीं! तुलसी भी आपको इस हाल में देख कर क्या खुश हुआ होगा?"

"मौसम अगर अपनी फितरत नहीं बदल सकता तो मैं अपनी क्यों बदल दूं! उसे अपना काम करना था और मुझे अपना।"

"ओह! तब तो आज आराम से बैठो, खा कर जाना बहन, मैं भी कुछ बना रही।"

"क्या तुम्हें लगता है इस हाल में, भीगे इन कपड़ों में मैं यहां बैठूंगी भी! खाने की बात तो छोड़ ही दो। वैसे रसोई से खुशबू बहुत अच्छी आ रही। तुलसी इस बाबू की बहुत बड़ाई करता है। बोल रहा था छोटे साहब बहुत अच्छे हैं।"

"आपका तुलसी भी बहुत अच्छा है!"

निर्मल ने उसे इस हाल में देख कर थोड़ा झेंपते हुए कहा। टखनों से ऊपर उठी उसकी भीगी साड़ी पिंडलियों और जहां-तहां उसकी देह के उभारों से चिपक रही थी। लेकिन इन सब से निर्लिप्त और बेपरवाह, वह उन लोगों से बातें करती हुई खड़ी रही। और जो इस तरह खड़ी रही वह देह से परे, एक संपूर्ण स्त्री थी, एक मां थी।

"और मां जी कैसी हैं? कभी कुछ बोलती हैं?" उसने इस बार बापू से पूछा है।

"हां, बस वैसी ही। कभी-कभी उनके गले की घरघराहटों में फंसा बइकू का नाम बगावत कर बाहर निकल आता है तो हम भी उनके जिंदा होने का सबूत और तसल्ली पा लेते हैं।"

"बाबूजी! मुझे मेरा तुलसी लौटा दो, मुझे बहुत डर लगता है...।"

"लौट आएगा बिटिया, बस कुछ दिनों की बात है। मुझे थोड़ी-सी मोहलत और दे दो।"

बापू के स्वर में किसी पश्चाताप में भीगी एक बेबस कराहती हुई अभ्यर्थना-सी थी।

"चलो, यह तसल्ली भी कुछ कम नहीं..."

बारिश उसकी देह में अबतक सूख चुकी है। लेकिन बापू की इस अभ्यर्थना से भीगी तुलसी की मां अब अपने घर लौट रही हैं।

पुजारी के व्यवहार को लेकर बस्ती के अन्य कई लोग भी अकसर असहज हो जाते। बापू से भी वे जब कभी मिलते तो उनकी आंखों में पुजारी के प्रति एक शिकायत-सी दिख जाती, तुलसी और छोटकू के प्रति गहरे सरोकार और चिंता से उपजी एक निर्मल मिन्नतों भरी शिकायत। एक ऐसी बेतकल्लुफ नाराजगी का इजहार जो हम उनके सामने भी कर लेते हैं जिनपर हमारा अटूट विश्वास और भरोसा हो... जो हम अपने आराध्य से, पुरखों और बड़े-बुजुर्गों से भी करने में कोई परहेज नहीं करते। बापू अपनी तमाम मानवीय कमियों और खूबियों के साथ पूरे समुदाय के दिलों में बसते थे।

माया ने बापू की आंखों में देखा वे अपनी पीड़ा को छुपा नहीं पा रहे। बाहर के शोर से कहीं अधिक अब कमरे के भीतर का सन्नाटा बोल रहा है। तेज हवाओं पर सवार बादल का एक स्याह पानीदार टुकड़ा दरवाजे से अंदर आ कर कमरे में ठहर

गया है। पहले से हैरान निर्मल यह दृश्य देख कर चकित है। इस बीच तुलसी और छोटकू को लेकर निर्मल के मन में भी बहुत सारे सवाल चल रहे थे, लेकिन अब वह उनके बारे में बापू से कुछ नहीं पूछेगा। बापू को उसने आज तक इस तरह कमजोर पड़ते कभी नहीं देखा था। समय आने पर उसे अपने उन सवालों के सुराग मिल जाएंगे।

बाहर सब कुछ साफ हो गया है। बारिश में धुली पेड़ों की पत्तियां ज्यादा हरी और ताजा दिख रही हैं। कुछ आवाजें अब भी आ रही हैं, लेकिन कहीं शोर नहीं है। सामने बहती नदी के किनारों पर बच्चे जमा हो रहे हैं। और अब कागज की नाव बना कर वे सैर पर निकल पड़े हैं। गहरा नीला आकाश उन्हें देख कर थोड़ा नीचे उतर आया है। वे उचक कर आसमान छू लेना चाहते हैं। नीचे कंकरीली जमीन से छन कर, और जहां-तहां नुकीले पत्थरों से टकराता-बहता हुआ पानी अब भी घाटियों की तरफ ढलानों से उतर रहा है, तेज बुखार के बाद बच रही अपनी ही हरारत में बहती हुई उथली-सी कोई नदी। बापू का मन-प्रांतर भी बाहर के दृश्य में धुल-घुल कर अब साफ हो रहा है।

"मैं कोई आदर्श नहीं हूं निर्मल, और वैसे भी आदर्श एक यूटोपिया है, एक छलावा। अपनी नाकामयाबियों और कमजोरियों को छुपा लेने के लिए गढ़ा गया एक मायावी स्वप्न... वास्तविक महानताएं कभी अपनी कमियों पर पर्दे नहीं डालतीं। उनपर कभी शर्मिंदा नहीं होतीं। वे तो अपने शिखर तक की यात्रा उनके साथ चलकर ही पूरा करती हैं। कमजोरियों से पूरी तरह मुक्त महानताओं पर हमें संदेह करना चाहिए, क्योंकि यहां एक आदर्श निर्मित कर व्यक्ति और पूरे समाज को भ्रमित करने की कवायद होती है। जीवन में आदर्श और संपूर्णता की तलाश सिरे से बेमानी है। हम अपूर्ण हैं इसलिए जीवन है... जीवन का औदात्य है।"

"हम समझ सकते हैं बापू, ऐसी ही कुछ बातें मैंने एक दिन माया से भी कही थीं। महानता को लेकर मेरी भी धारणाएं कुछ ऐसी ही हैं, बल्कि मेरी धारणाएं आपकी इन बातों से और भी स्पष्ट और संपुष्ट हुई हैं।"

"मैं फिर कहता हूं तुम लोग खुशनसीब हो... हां, तुम पुजारी के बारे में मुझे कुछ बताना चाहते थे न?"

"हां बापू, आज मैं पुजारी के बारे में ही आपसे बातें करने आया था। आपने जो कार्य मुझे सौंपा था वह पूरा हो चुका है। आपने पुजारी पर अपने संदेह के जो कारण बताए थे वे गलत थे। कारण तो छोड़िए, वैसे पुजारी पर अब संदेह करना भी व्यर्थ है।"

"तुम भी छोटकू की तरह उसके साथ बैठ कर गांजा तो नहीं पीने लगे? कैसे मान लें की तुम सच बोल रहे हो, शहर से आए हो, पढ़े-लिखे हो, कहानियां भी तो बना सकते हो!"

बापू की इस अदा ने अचानक पूरे माहौल को बदल कर रख दिया। उनके व्यक्तित्व की यह खासियत भी गजब की है कि माहौल कितना भी असहज, उदास और तनावपूर्ण क्यों न हो वे चाहें तो एक झटके से उसमें शोखियों की राहतें और रंग भर दें। बापू ने पुजारी की बातों का मजाक बनाते हुए और उसकी नकल करते हुए ये बातें कुछ ऐसे कही थीं कि निर्मल पहले तो खिलखिला कर हंस दिया था। फिर पूरी संजीदगी के साथ छूट गए सिरे को पकड़ कर अपनी बात जारी रखी। बापू को अचानक इस रूप में देख कर सामने बैठी माया भी अपनी हंसी नहीं रोक सकी।

"वह रोग-ग्रस्त और रुग्ण हमारी आधुनिक सभ्यता का बस एक विद्रूप चेहरा है। मानसिक रूप से बीमार यह पुजारी किसी संदेह का नहीं हमारी दया का पात्र बन चुका है। वह सचमुच हमारी दया का पात्र है बापू, मजाक का पात्र तो बिलकुल नहीं। अपनी पढ़ाई और करियर-निर्माण के दिनों से ही उसे किसी उच्च-पद पर आसीन एक प्रशासनिक पदाधिकारी होने की जुनूनी जिद थी। एक आई ए एस पदाधिकारी बनने की दीवानगी। इसके लिए उसने पढ़ाई के अतिरिक्त सारे दांव-पेंच, छल-प्रपंच का भी सहारा लिया। लाखों रुपए बर्बाद किए। इसके नीचे उसे कुछ भी गंवारा नहीं था। उत्कट महत्वाकांक्षा और प्रतिस्पर्धा से संक्रमित माहौल में बहुत कठिन होता होगा शायद अपनी प्रतिभा और सीमाओं को समझ पाना और उन्हें स्वीकार कर अपनी प्राथमिकताएं तय कर लेना। लगातार हर तरह की कोशिशों के बावजूद वह अपनी उस असाध्य महत्वाकांक्षा को हासिल करने में असफल रहा। इसका गहरा अवसाद अंततः उसे एक ऐसी आभासी और काल्पनिक दुनिया में ला कर छोड़ देता है जहां वह खुद को उस पद और प्रतिष्ठा पर आसीन पाता है जिसकी तलब उसे शिद्दत से थी। उसने उसी पद-प्रतिष्ठा और गरिमा के अनुरूप अपने कक्ष और घर को सजा रखा है। और एक बड़े पद पर आसीन पदाधिकारी जैसा व्यवहार करने लग गया है।

विक्षिप्तता की ऐसी मिसालें भी हमारी इसी सभ्यता की देन हैं जो व्यक्ति को हर पल किसी भी कीमत पर जीवनपर्यंत अपनी एषणाओं— एक के पूरी हो जाने पर दूसरी और फिर तीसरी, चौथी और पांचवीं को हासिल कर लेने का तनाव और दबाव बनाए रखती है। यह एक अंतहीन सिलसिला है, जहां जीवन समाप्त हो जाता पर उसकी लालसाएं और तृष्णाएं नहीं।"

"ओह! मुझे माफ करना मेरे काबिल दोस्त, मैं तो डर ही गया था। लेकिन मेरी उपस्थिति में उसका व्यवहार संदेहास्पद क्यों हो जाता है? मुझसे मिलने तक से परहेज क्यों करता है? देर रात तक वह किससे बातें करता है?"

"वह आपसे मिलना नहीं चाहेगा क्योंकि वह आपको अपनी काल्पनिक दुनिया के अस्तित्व के लिए एक बहुत बड़ी चुनौती के रूप में देखता है। मानव-निर्मित तमाम सत्ता-संरचनाओं के लिए आपकी यह नैसर्गिक दुनिया आखिर एक चुनौती ही तो है। आपकी उपस्थिति में वह अपने जीवन की कठोर वास्तविकताओं के संपर्क में आ जाता है, अचानक निरीह और निरुपाय हो जाता है क्योंकि वास्तविकता के साथ उसका संपर्क अभी पूरी तरह भंग नहीं हुआ है, और यह एक उम्मीद भी जगाती है कि समय पर उपचार हो जाए तो शायद वह सामान्य जीवन में लौट आए। आभासी और वास्तविक के बीच की उसकी टकराहट, उसकी रस्साकशी, उसकी आवाजाही अभी बनी हुई है। इसे हम एक संभावना की तरह भी देख सकते हैं।

"हां, देर रात तक वह खुद से बातें करता रहता है। ऐसे मरीजों के बारे में मैंने पढ़ाई की है बापू, और पढ़ाई के दौरान मुझे अस्पतालों में जाकर उन जैसे मानसिक मरीजों को निकट से देखने-समझने का, उनसे प्रत्यक्ष संवाद करने का भी अवसर मिला है...

"मेरे साथ वह पूरे उत्साह, जुनून और जोश में होता है। क्योंकि उसे लगता है कि मैं उसके मातहत काम करने वाला एक नाचीज, लेकिन भरोसेमंद मुलाजिम हूं, जिसे डांटा-फटकारा और आदेश दिया जा सकता है, कि मैं उसके बीमार अहम की खुराक बन सकता हूं... वह अपनी कुर्सी से हर पल चिपका रहता है क्योंकि उसे लगता है कुर्सी खाली छोड़ने पर कोई दूसरा व्यक्ति, कोई प्रतिद्वंद्वी कभी भी आसानी से उसकी कुर्सी पर कब्जा कर लेगा। पहली बार जब मैं उससे मिला था तो उसे लगा था कि मैं भी उसका प्रतिद्वंद्वी ही हूं। मुझसे वह छुटकारा पाना चाहता था। और आपके हस्तक्षेप ने उसकी आशंकाओं को और भी बढ़ा दिया था।

"उसने मुझे एक दिन एक संचिका खोल कर दिखाई और कहा कि इसे ले जाओ और खुद इस पर सरकार की अनुमति और हस्ताक्षर ले कर आओ। सरकार के साथ तुम्हारा उठना-बैठना है। पढ़ा तो देखा उसमें अपने निजी सहायक के पद पर मुझे नियुक्त करने का एक प्रस्ताव आपकी अनुमति के लिए दर्ज था। वह इस पद पर मुझे नियुक्त कर अपनी कुर्सी बचा लेना चाहता था। इस प्रस्ताव के भीतर से मुझे उसके जीवन की गहरी विडंबनाएं झांकती दिखी थीं। वह संचिका आज भी मेरे झोले में पड़ी होगी। मिलने पर बार-बार पूछता उस प्रस्ताव का क्या हुआ, एक छोटा-सा

काम भी नहीं करा पाए, वह भी अपने लिए। और मैं कहता, आपका प्रस्ताव अंतिम मंजूरी के लिए सरकार के पास अभी लंबित है।

"मैंने उसके मन की स्याह कंदराओं में प्रवेश करने के लिए, उसका सामना करने के पूर्व भरपूर चिंतन-मनन और तैयारियां की थीं, रणनीतियां बनाई थीं। उसके साथ कई बैठकें की थीं। उसका भरोसा जीतने के लिए कहानियां भी गढ़ी थीं। मैं उसी के अनुरूप उसकी भाषा में उससे बातें भी करने लग गया था। वह मेरी इस प्रशासनिक भाषा को सुन कर चकित होता। उसकी आंखें चमक उठतीं। पूछता तुमने आई ए एस के लिए कोशिश क्यों नहीं की। तुम इसके सर्वथा योग्य थे। और यही हर पल उसके सामने लटकता हुआ एक फांस है, उसके जीवन को कभी भी लील जाने को तैयार। अभी भी वक्त है, हम-आप चाहें तो कुछ कर सकते हैं। दलदल में फंसी इस सभ्यता को तो नहीं, पर उसकी स्याह गुफाओं से इस निरीह व्यक्ति को निकाला जा सकता है।

"ओहह! तब तो यह सचमुच चिंता की बात है। तुम्हीं बताओ अब हमें क्या करना चाहिए।"

"सबसे पहले तो उस लंबित संचिका का तत्काल निष्पादन करना होगा, उसकी तसल्ली के लिए। उसे विश्वास हो जाएगा कि अब मैं उसकी कुर्सी का हकदार नहीं रहा। इसके बाद हमलोगों को आगे क्या करना है मिल बैठ कर विचार कर लेंगे।"

"ठीक है, लेकिन *उस लंबित संचिका का तत्काल निष्पादन!* इस प्रशासनिक भाषा से अब तो उबर जाओ निर्मल। माना कि तुमने पुजारी के मन की थाह लेने के लिए एक हथियार की तरह इसका उपयोग किया था। लेकिन इसमें मुझे औपनिवेशिक दासता की बेड़ियों में घुट रही पूरी सभ्यता की बेचैन आहटें सुन पड़ती हैं।"

"ओह! मुझे माफ करना बापू। आप निश्चिंत रहें, मुझे विश्वास है मैं बहुत जल्द खुद की भाषा में, अपनी इस दुनिया की नैसर्गिक भाषा में लौट आऊंगा। पुजारी के साथ एक मुलाकात अभी बाकी है, कौन जाने दलदल से उसे बाहर निकालने में इस भाषा की कब हमें दरकार पड़ जाए।"

12

और एक दिन वे लोग अपने हाथों उसे संचिका सौंपने उसके कमरे में पहुंचे तो देखा कि पुजारी, जो अपनी कुर्सी से कभी हिलता तक नहीं था, कमरे में कहीं नहीं था। तुलसी ने अंदर आ कर बताया कि साहब बहुत देर से गुसलखाने में हैं। आवाज लगाई लेकिन कोई जवाब नहीं मिला। कुछ देर वे लोग आशंकित और मौन एक-दूसरे को देखते रहे। गौर करने पर गुसलखाने से पानी गिरने की बहुत हल्की-सी आवाज लगातार एक ही लय में सुनाई पड़ रही थी। उस लय का नहीं टूटना, उसकी अखंडित बारंबारता उनकी आशंकाओं को संपुष्ट कर रही थी। उसकी मेज पर रखे लकड़ी के एक तिकोन नाम-पट्ट पर जब बापू की नजर पड़ी, तो उन्होंने थोड़ा चौंक कर निर्मल को देखा। उस पर मोटे सफेद अक्षरों में लिखा था– *प्रजापति पुजारी, आई ए एस*। लड़का शांत बना रहा, उसे कोई आश्चर्य नहीं हुआ।

अबतक गुसलखाने का दरवाजा तोड़ने के लिए बस्ती से एक बढ़ई आ चुका था। इस बीच उनकी आशंकाएं भी संपुष्ट हो चुकी थीं। बाहर बस्तियों से लोग इधर आने लगे थे, एक भीड़ जमा होने लगी थी।

दरवाजा खुलते ही लोगों ने देखा कि आधुनिक उपकरणों-सुविधाओं से सुसज्जित अपने गुसलखाने में पुजारी पानी से भरे चमकते एक विशाल बाथ-टब में पड़ा था। और ऊपर झरने से मृत शरीर पर पानी की फुहारें अब भी गिर रही हैं। पानी की फुहारें सामने खिड़कियों के बाहर सुदूर पहाड़ियों से भी झर रही थीं, डूबते हुए सूरज की रक्तिम आभा में चमकती हुई। ठीक वैसे ही जैसे पहली बार इस कमरे की खिड़कियों से उसने देखा था...

ये वही पहाड़ियां थीं जहां माया और निर्मल, और न जाने कितने अनगिन अनाम लोग, हर पल एक आश्चर्यलोक में 'अद्भुत' और 'अहा' भाव में जीते हुए नई चुनौतियों का सामना करने के लिए पुनर्नवा हो रहे थे। किसे पता था, जहां एक तरफ पहाड़ी झरने के नीचे हरा-भरा जीवन आकार ले रहा था, और जहां फुहारों में भीगते पत्थर भी अकसर बोल उठते थे, वहीं एक सुसज्जित गुसलखाने में झरने

से गिरती फुहारें किसी जीवित आदमी को पत्थर बना रही थीं!

बाहर खड़े बस्ती के लोगों के चेहरों पर कोई शोक नहीं, बस एक स्तब्ध मौन था। सब लोग अब भारी कदमों से अपने-अपने घर लौट रहे हैं, छोटकू बहुत दिनों बाद आज घर लौट रहा है। तुलसी भी अपनी मां के साथ घर लौट रहा है। जो लोग पहले से ही लौटे हुए थे वे भी एक बार फिर लौट रहे हैं...

और कुछ दिनों बाद लोगों ने देखा, अपने ही बोझ से ढह रही सभ्यता की इस इमारत के मलबों में पहाड़ियां और घाटियां लौट रही हैं। निर्झर हवाएं, नदियां और पेड़ लौट रहे हैं, पानीदार बादलों के टुकड़े और बारिशें लौट रही हैं। परिंदे लौट रहे हैं, तितलियां लौट रही हैं। कटे हुए दरख्तों के तनों और जड़ों में कोंपलें लौट रही हैं। अपने ही घर से निर्वासित ऋतुएं लौट रही हैं...

और उधर आसमान से उतर अपने घर लौट रहे परिंदों की लंबी पांत से भटक गई किसी चिड़िया की मर्मभेदी आतुर पुकारें घाटियों में रह-रह कर गूंज रही हैं।

    ...